Philippe Delerm, né en 1950 à Auvers-sur-Oise, voue son écriture à la restitution d'instants fugitifs, à l'intensité des sensations d'enfance. Il est notamment l'auteur de *Sundborn ou les Jours de lumière* (1996), *La Première Gorgée de bière et autres plaisirs minuscules* (1997), *Autumn* (1998), *Ma grand-mère avait les mêmes* (2008) et de *Je vais passer pour un vieux con* (2012).

Philippe Delerm

# LES MOTS QUE J'AIME

INÉDIT

*Éditions Points*

ISBN 978-2-7578-3697-2

## LE GOÛT DES MOTS

UNE COLLECTION DIRIGÉE PAR PHILIPPE DELERM

### LES MOTS QUE J'AIME

Pour leur sens, leur sonorité, et le plus souvent pour le rapport de la musique avec l'idée, de la cadence avec l'imaginaire. Les mots que j'aime. Pour le pouvoir qu'ils ont sur moi, et pour l'écho que je leur donne. Les mots qui touchent, ceux qui font sourire. Et ceux que je déteste, quelquefois. Des personnalités reconnues pour leur amour de la langue livrent ici beaucoup de leur être le plus secret en voyageant en toute liberté avec les mots qui leur ressemblent.

Ph. D.

À Martine…

# Poire

C'est un assoupissement, une langueur, un abandon. Poire : on biberonne la consonne initiale, comme le fumeur de pipe ranime son foyer à petits pops. Déjà on descend vers le moelleux grave d'un intermède vocalique chaud et souple, vers un *r* en sommeil, un *e* de confort sourd. Poire. C'est la fin de l'été, le début de l'automne. Il y a dans la lumière une mollesse blonde, une sensualité penchée. La poire est femme, avec des hanches douces et rondes ; une courbe infinie dont on ne saurait dire où commence l'ampleur, mais c'est en bas que s'épanouit cette indolence souveraine qui donne soif de chair fondante, d'une mouillure lourdement sucrée. Un mot sans doute, un fruit c'est sûr. Et sur la fin de la saison une métaphore alanguie. L'essence de la volupté.

# Sibyllin

Des paroles qu'on comprenait mal, parce que les sibylles relayaient plus ou moins clairement les volontés des dieux. Une sorte de téléphone arabe avant la lettre, en somme. Mais si *sibyllin* se veut la simple évocation de ces oracles antiques, sa sonorité lui donne dans la langue française une subtilité supplémentaire. Des propos sibyllins – oui, des propos, on ne parle jamais de paroles sibyllines – sont nécessairement insinuants, cauteleux, insidieux. Il y a à l'évidence une intention sournoise dans le propos sibyllin. Si on le saisit mal, c'est que celui qui a parlé a glissé dans ses mots une intention équivoque, volontairement ambiguë, retorse. Un regard ironique ou faussement inexpressif accompagne ces confidences de mauvais aloi. La méchanceté est toujours complexe – et le plus souvent très sibylline.

# Potée

Difficile de rester à distance, de le prononcer d'une voix neutre en équilibrant les syllabes. Le *po* de potée n'a rien à voir avec celui de police, ni même celui de potiron. Avec *potée*, on est induit à l'explosion, et même une espèce d'ironie, comme si le mot était trop emblématique de la chose. Une potée. C'est l'hiver forcément, et pour se tenir à l'enclos, tant pis pour les odeurs de chou. On va se mitonner une soirée bien ronde, avec des gens qu'on connaît bien, et on ne prendra pas d'entrée. L'idée de potée tient de la place, rend à l'avance dérisoire toute velléité gastronomique annexe. Ce n'est après tout que du lard et du chou, mais c'est tellement davantage. La forme du contenant vient étayer celle du mot. On pense à pot bien sûr, un grand fait-tout, une cocotte ; on plonge tout au fond des entrailles de la cuisine. Et puis une potée, c'est féminin, le *ée* de la fin convoque la présence d'une paysanne vêtue de satinette fermière et ceinte d'un tablier blanc.

– Oh ! oui, une potée !

C'est ce qu'il vous fallait contre le froid, contre le stress. Tout se dissout en bien-être dans la fumée, et la simplicité triomphe. Pourquoi tourner autour du pot ?

# Novembre

C'est un faux gris, comme il y a de faux maigres. Il semble tout en creux : plus de fruits, pas de fêtes. Et les jours tout à coup si courts, et l'initiale de la mort. Mais novembre vous l'avait dit : c'est lui qui a la vraie couleur de l'ambre. S'il faut finir, c'est la fin de la fin qui vous poindra le cœur, les yeux. Les forêts sont plus belles, surprises sous un grand ciel bleu de jouer les reflets de l'or en attendant les premiers gels. On sort plus court et on sort mieux, pour inventer l'accueil des lampes basses. Quand le froid monte avec le soir, on se sent bien chez soi, et bien en soi, prêt à retrouver l'essentiel, à voir plus clair, protégé des éclats de voix. Novembre est le vrai mois d'automne. Pourquoi met-on des cendres sur ce feu ?

# Grésil

La matière est piquante, comme la sonorité, un peu rêche en son début, puis d'une liquidité astringente. C'est un hiver qui cingle tard. Charles d'Orléans écrivait :

« Il n'est si joli mois d'avril
Qui n'ait son manteau de grésil. »

Sur les joues, sur les lèvres, une petite gifle passagère, délicieusement vive et frissonnante. Sur le décor un saupoudrage fugace qui s'efface avant d'avoir pris consistance. C'est du froid, et pourtant le verbe grésiller évoque des cuissons mitonnées, un dedans désirable. C'est du faux gel. On dit pour la dernière fois « On est mieux chez soi » en refermant la porte. Un plaisir inavoué, une crainte simulée, rafraîchissante et prometteuse de beaux jours. Grésil. Le ciel se fâche en souriant.

# Galet

Il a une perfection paradoxale. À la fois complètement solide et si fluide. L'accord des sonorités est absolu. Le *ga* que l'on soupèse au creux de la main, pour éprouver sa densité. Le *let* qui le rend déjà à l'élément liquide, sous la forme la plus appropriée qui soit : celle du ricochet. Faire voler un galet à la surface de l'eau est une sorte de réflexe. Le coup de poignet doit être vif mais pas trop violent : si le premier intervalle est trop long, le caillou risque de se mettre à l'oblique. Il n'y aura pas ensuite cette jubilatoire répétition de bonds de plus en plus rapprochés – on renonce même à les compter.

Parfois, il faut dissiper de l'index un peu de vase séchée sous le galet. Tout ce que la main fait avec lui est bon et franc, témoigne d'un accord. Le galet se prête à la paume, aux mouvements des doigts. Il peut mêler l'odeur du fleuve à celle de la menthe sur les rives. Il est de pierre et d'eau.

# Pavane

Seulement lancer ces deux syllabes dans l'espace, et savoir aussitôt qu'il s'agit d'une danse lente et noble. Tout de suite le velours, le brocart, l'ourlet de la robe doré, les regards satisfaits, ces deux mains suspendues qui se joignent à peine. Pavane. Moins une danse qu'un long salut de charme consenti. Le port de tête altier, la gorge un peu montrée, tout le reste du corps dans un balancement feutré sous les plis de l'étoffe.

Les couples lentement se sont formés, dans l'accord assourdi du luth, le chant profond de la viole de gambe, et le cromorne même se fait moins nasillard saisi par la fluidité du manège. De loin en loin quelques sourires distillés, des inflexions de nuque approbatrices. Ceux qui ne dansent pas regardent, fascinés, rêveurs, un peu mélancoliques. Quand on n'est plus de la pavane, on garde au fond de soi tout cet assentiment du corps, tout cet acquiescement flottant à la douceur d'être choisi, à la cérémonie de se complaire.

# Hypocondriaque

Rebutant de scientisme boursouflé, chaotique dans ses sonorités criardes, *hypocondriaque* est cependant délicieux. Car c'est le mot pour ceux qui ont peur de la mort. Des hommes, le plus souvent, éternels malades imaginaires, dont Woody Allen reste l'incarnation la plus drôle et la plus séduisante. Avec lui, l'hypocondrie devient synonyme de modernisme. Le héros des films n'est plus un John Wayne rassurant et confortable, mais ce petit bout d'intello binoclard, l'humour juif new-yorkais pour seule arme, et une angoisse tellement égoïste, infantile, qu'elle en devient comique et belle.

C'est de l'humanité toute pure, cette obsession de soi nerveuse et volubile qui est en même temps une formidable déclaration d'amour à la vie. Elle donne au couple un équilibre différent. *L'être dans le monde* de Woody Allen est fort de toute sa faiblesse. On peut rêver grâce à lui que les femmes se mettent à nous aimer pour notre humour, en apparence, et tout au fond pour notre hypocondrie. Qu'elles nous trouvent sensibles et nous consolent. Merci Woody.

# Sensuel

Il est tout souple, sinueux et liquide. Il aborde par effraction le sens, les sens : sa forme ne dit pas la plénitude qu'il recouvre, et c'est très bien ainsi. *Sensuel* ne fait que suggérer, dans un registre où l'imagination reste reine. Avec lui, il ne s'agit pas de consommer la vie dans une gourmandise rabelaisienne, mais de susurrer à fleur de peau. « C'était… hum, très sensuel », dira-t-on par litote, et le serpent sucré se love tout en courbes dans une conversation où l'on n'en use guère. Car le mot ne vient pas souvent, on préfère quelques inclinaisons de tête un peu pâmées, un soupir, une harmonie imitative.

Une femme peut être sensuelle dans chacun de ses gestes, en surjouant avec un corps trop sec, ou bien au naturel s'il est pulpeux. Cette volupté à boire du lait chaud, manger un fruit, parler d'un livre. C'est presque sexuel, et c'est bien plus. *Sensuel*, c'est rendre sexuel tout ce qu'on fait, tout ce qu'on sent, tout ce qu'on touche.

# Vie

Un cri. Il a choisi de n'épouser en rien ce qui pourrait être le cours d'une existence, de ne rien évoquer de ce qui pourrait être un chemin, une aventure, un destin. Il a préféré s'en tenir au primal, à la surrection aiguë. *Vie.* Il y a l'urgence, la douleur, la violence de l'instant. Parfois on entend, *c'est la vie.* L'article défini voudrait en faire une vérité générale – négative et partagée. Mais *vie* est presque le contraire de *la vie.* Il n'y a pas de moyenne, de possibilité globale d'envisager ce qui reste une douleur hurlante : cris de la mère, cris de l'enfant, deux solitudes terrifiées par l'extrême début. *Vie*, c'est la seconde pure et dure où l'air a goût de sang.

# Mort

« Notre sœur la mort, à qui nul homme vivant ne peut échapper », disent les *Fioretti* de saint François d'Assise. C'est une façon bien douce de caresser l'idée. Mais le mot français *mort* consent à cet apprivoisement. Par le *m* surtout, qui murmure l'abandon avec une sorte de résignation presque apaisée. Par comparaison le *d* anglais semble incisif, fil de la Parque cassé d'un coup de dent, et plus encore le participe passé *dead*, deux fois coupant ! Le *t* allemand de *Tod* terrasse lui aussi tragiquement. Mais *mort*, c'est autre chose. Après cet abandon du *m* comme un dernier souffle, la bouche cherchant l'air et ne le trouvant plus, on plonge dans un *ort* fermé, sans aucun air, et la prison devient compacte, close de toutes parts, on creuse en entonnoir une galerie souterraine. La sonorité si courte se prolonge, faussement familière à l'infini. *Mort*. Nous n'avons pas les armes de François pour en faire l'amie, la sœur. La mort ne nous mord pas. Mais elle nous étouffe.

# Pudibond

Quel clown, celui-ci ! On est obligé de le prononcer avec l'intention qu'on veut y mettre, les lèvres serrées comme une grenouille de bénitier indignée. *Pudeur*, *pudique* ont gardé toute leur intégrité, leur force morale. Mais *pudibond* a pris le ridicule. On voit tout de suite le rouge qui monte aux joues de celui, de celle qui fait semblant de s'indigner. Semblant, car l'hypocrisie est au cœur de l'affaire. Le pudibond est un tartuffe qui se croit sincère. « Cachez ce sein que je ne saurais voir. » Il a donc vu, et regardé, mais aussitôt refoulé au plus profond de son désir un attrait qu'il ne sait désigner que par le terme le plus boursouflé qui soit : *concupiscence*. Oui, le pudibond est tout cela. Un timide affecté, un moraliste ostentatoire et un concupiscent rentré. Trois petites syllabes sur la pointe des pieds, une curiosité voyeuse effarouchée. Non, je ne veux pas avouer que je connais la vie. Je veux pouvoir m'en offusquer.

# Presbytère

C'est le mot qui faisait rêver Colette enfant. Pas pressée de demander son sens aux adultes, elle préférait y faire tenir la coquille des petits escargots jaunes. Devoir apprendre qu'il fallait comprendre *la maison du curé* ne lui apporta pas de révélation, seulement l'occasion de multiplier son imagination par ce qu'on feint d'appeler réalité…

*Presbytère*… Un mot étrange, pas très catholique en dépit de son rôle assigné. Trop austère bien sûr, d'une sévérité nettement protestante, peut-être aussi à cause de Luther. « Rêche en son commencement », écrivait l'auteur de *La Maison de Claudine*. Oui, ce *presb* est une herse confuse en guise de portail, un choc de consonnes hérissées étouffant le *e* frileux qui les cautionne. Le *y* n'arrange rien, avec son élégance et son mystère nous entraînant déjà dans des images helléniques – on songe à phalanstère.

Mais le plus étonnant, c'est le charme du lieu. « J'ai acheté l'ancien presbytère. » À chaque fois on hoche la tête et l'on devine. Une maison délicieuse accotée à l'église, des poires en espaliers, des murs bas, une atmosphère anglaise. Ceux qui faisaient vœu de pauvreté et d'abstinence habitaient un lieu voluptueux, idéal pour abriter aujourd'hui la chaleur amoureuse et le plaisir d'être sur terre.

# Muscat

Le début appelle un parfum fort, une présence entêtante. Mais la fin lui donne un balancement paisible dans la gorge, une sérénité mate, un éclat retenu. C'est une couleur, dans l'un des plus musicaux vers d'Aragon :

« L'enfant guatémaltèque avec ses yeux muscat ».

J'aime l'idée de ces yeux muscat, d'un brun si sombre qu'il semble glisser vers un rouge profond, couleur de terre humide, de chaleur tropicale. Couleur aussi de ce raisin comme embué de la fraîcheur qu'il va donner, couleur de soleil cuit.

Bien sûr, le vin qui vient de là peut s'éclaircir de nuances ambrées, muscat de Rivesaltes, muscat d'Alsace... Mais toujours une promesse de sucré, un éclat modeste. « Je prendrais bien un petit muscat. » Le muscat du dimanche, qui fait chanter les vieux de Brel avant qu'ils ne soient trop vieux. Quand la vie coule encore d'un sang de raisin chaud. La vie muscat.

# Mélancolie

Bile, humeur noire. Le mot était trop beau pour persister dans la rectitude de ses origines étymologiques. *Mélancolie* : ce royal balancement rythmique, cette ampleur si vocalique, si raffinée dans l'effacement des consonnes ne pouvaient continuer de se lover dans la couleur d'une lugubre maladie.

Les poètes lui ont donné les charmes d'un état d'âme presque complaisant, grisé de sa musique narcissique. Les Romantiques, des effusions suaves et des chemins d'automne. Et puis Apollinaire l'a chantée dans la tonalité si douce où nous l'avons gardée, de l'anémone à l'ancolie.

Un mot pour être soi, très fort, en solitude et en attente, en long repli. Pour préserver l'adolescence.

# Vermoulu

C'est une sensation. Une barque, un pont, un escalier, souvent une idée de passage, et le pas tout à coup qui se fait réticent. C'est drôle, il y a confusément mêlées l'idée de crainte d'un effondrement possible, et celle plus paradoxale d'une souplesse agréable à éprouver, avec les précautions d'usage mais aussi une complicité. Le bois vieilli, le bois qui a subi toutes les pluies, ou toutes les humidités intérieures, change de texture et s'assouplit, juste avant de céder. *Moulu*, oui, c'est le juste mot pour désigner ce mélange de poudre blonde émiettée, de fibre encore un peu résistante. Et *ver*, comme mangé aux vers sans doute, pourtant *vert* également, de retrouver avant la mort tout ce qui fut l'idée de la jeunesse : la structure est sur le point de céder, mais le cœur est le même. Dans ce désir de sauver les apparences reste une dignité touchante. Comme une personne très âgée qui mettrait son honneur et sa coquetterie à se tenir bien droit, à ne pas susciter la compassion. Dans *vermoulu*, une étrange humanité charnelle.

# Topinambour

Longtemps, ce fut un brevet d'austérité pour des personnes ayant connu la guerre de 1940 : « On mangeait des topinambours et des rutabagas, on n'avait pas le choix ! » Nous, les béotiens du baby-boom, nous sentions obligés de hocher la tête en signe de compassion. Mais pas de chance pour les forçats des restrictions alimentaires, le topinambour revint peu à peu dans les épiceries, et même les hypermarchés. Et là, force nous fut de constater la duplicité de nos glorieux aînés. Le topinambour n'avait pas grand-chose à voir avec les camps de concentration, le génocide, l'exode, les bombardements : c'était délicieux. De préférence à doses restreintes, certes, et plutôt mêlé à la purée de pomme de terre, mais savoureux, avec un petit goût d'artichaut des plus raffinés, malgré une apparence terreuse et boursouflée. Pour le rutabaga, d'accord, ce n'était pas le nirvana. Rien d'un supplice toutefois.

*Topinambour*. Des sonorités comiques qui conviennent à merveille à l'accent parigot. Un nom de ville allemande qui vient rappeler la connotation majeure, celle du demi-mensonge de nos parents, de nos aïeux. Mais la déclinaison sur quatre syllabes est résolument franchouillarde, avec ce qu'il faut de coups de clairon vocaliques pour évoquer la moelle profonde de nos campagnes, un temps bafouées. Finalement, le topinambour, c'était moins dangereux que la Résistance.

# Chagrin

Il noue la gorge et reste bloqué là. Comme un rideau de pluie qui ne mouille pas les autres et tombe infiniment dans le gris, dans le grain d'aujourd'hui. Comme un étouffement. Cette brûlure intérieure, toute la place que l'autre avait su tenir. Cette enclume de trois tonnes sur le cœur, l'envers des jours les plus légers. Elle ne s'allège pas, tant mieux, c'est qu'on aimait vraiment. Chagrin. Ça commence si doux, et puis ça se resserre, et ça ne passe pas. On entend les phrases toutes faites, et certains disent que les mots sont dérisoires, mais ils le disent avec des mots. Ils ne prononcent pas celui-ci : chagrin. C'est l'unique mot pour être seul sans être seul. La mémoire a vaincu l'oubli. Lourde victoire, que l'on n'a pas choisie. Mais on est fier de lui donner sa douloureuse place.

# Guêpière

Dans la série des sous-vêtements affriolants, la guêpière occupe une place à part. Cette nécessité de faire une taille de guêpe et de suggérer – ou, plus délicieux, de mettre en valeur – une abondance de hanches, une poitrine encorbellée ! il y a là un charme un peu suranné en apparence, que les amateurs de cover-girls cadavériques méprisent tristement.

Mais la fin du mot n'est pas innocente. Il ne s'agit pas seulement de souligner les avantages de la femme, mais de se trouver soi-même pris au piège, une souricière dans laquelle on est ravi de s'emprisonner. Qu'une femme choisisse aujourd'hui la séduction de la guêpière lui assure d'emblée une perversion généreuse et sophistiquée. Elle ne pourra qu'aimer les porte-jarretelles et les talons à brides. Et sa piqûre étourdira l'essaim.

# Auberge

Les chevaux sont fourbus, la pluie cingle, malgré sa pèlerine le postillon est traversé. C'est la nuit de décembre, le chemin creux cache des fondrières, on entend des hennissements, des jurons sourds, des coups de fouet... Tout cet enfer n'est conçu que pour une lumière orangée au loin, un espoir, une idée : l'auberge.

Que l'on émerge d'une page de Dickens ou d'Alexandre Dumas, on arrive à l'auberge en territoire mérité. On secoue l'aubergiste à grand renfort d'ordres secs, et lui secoue sa maisonnée soudain précipitée, tout le monde obtempère, comme effaré devant l'audace des voyageurs. Un valet mène les chevaux à leur avoine, une soubrette porte les bagages, le tenancier évoque la promesse d'un chapon. Il n'a même pas à désigner le cœur de l'affaire, la cheminée immense dans laquelle les petits aventuriers déplacent des chaises basses, étirent leurs jambes gelées en se frottant les mains. L'auberge est un monde parfait : on se réchauffe, on s'engourdit, la volaille fume et le vin coule.

Tout est rond et souple dans ces deux syllabes. Juste une halte dans la course violente du destin. On ne se l'avoue pas, mais c'est pour ça qu'on vit : s'arrêter à l'auberge.

# Clafoutis

C'est bon le clafoutis. Aux cerises, aux pruneaux. Pas prétentieux, pas excessivement raffiné, consistant sans excès, familial. Mais il faut bien l'avouer, le mot est infiniment supérieur au gâteau. On en a plein la bouche, avec un effet d'annonce des plus spectaculaires : ce *cla* vibrant au vent comme une oriflamme de gourmandise programmée. Attention, je ne me cache pas derrière de faux chichis ; j'arrive ! Voilà ce que clame haut et fort le clafoutis. La modestie n'est pas de mise quand on est porteur de bonnes nouvelles. Content de son petit effet, il en fait même un peu trop avec ce *fou* empafant d'un triomphalisme bien excessif, car après tout le gâteau reste assez mince et ne tient pas la promesse du déraisonnable. Le *tis* mignardise bien tardivement cette autocélébration. On avait des cerises, l'envie de faire plaisir. La phrase avait claqué, un peu trop prometteuse : « Je vais vous faire un clafoutis ! »

# Graf

Graffiti n'avait que des connotations négatives. Des textes tracés où l'on ne les voulait pas. Obscénités régnant dans les toilettes, petites saletés se revendiquant comme telles, l'audace de la honte. Des murs qu'on voulait abîmer. Et puis soudain un art qui naît, un art de solitude sublimée. *Graf*. Au hasard de la ville, une envie d'exister. Et le message devient philosophique. Au petit pied, diraient certains, mais toujours à la main, dans des lieux improbables, très en haut, très en bas, très à l'écart ou dans la nuit. Des pochoirs, des dessins. Une envolée de soi lyrique et quelquefois signée. Toujours chargée d'un désir d'habiter le monde. *Graf*. Tellement près de *grave* et tellement léger en même temps. Un envol graphique dans un ailleurs que la société tolère ou réprouve, curieusement désarmée. Plus du cochon et parfois de l'art, que les musées ne mettent pas en prison.

# Carambar

Il a tout de l'enfance, si proche de l'injure préférée du général Alcazar, personnage insaisissable et récurrent des albums de Tintin : caramba ! Mais le *r* final lui donne une raideur métaphorique du produit proposé depuis des décennies à la gourmandise des petits – et des grands, quelquefois.

*Carambar*. Une barre de caramel dur, dont la minceur ne doit pas faire illusion. Dès l'attaque de l'incisive, le carambar se révèle étonnamment rebelle. À défaut de pouvoir le couper en deux, on l'engloutit en le pliant, sans rapprocher vraiment les parties opposées. Dès lors, il tient beaucoup de place et répand dans le palais une saveur des plus désirables, mais trop. Un déferlement de salive vient en bouche : excès de volume, ou bien d'intensité ? Réduit au silence, décollant déjà du bout de la langue un fragment de caramel fixé au palais, on sent venir la morale : pour connaître le plaisir, il faut éprouver de la gêne.

Le goût n'est pas si différent de celui d'un petit caramel bourgeois, carré, sous cellophane. Rien à voir pourtant. C'est un carambar, une entité familière. Les trois syllabes contiennent aussi le jaune un peu acide de l'emballage, les lettres d'un rose-rouge fête foraine, et la même couleur pour les petites jupes en tortillon des deux extrémités, veinées de blanc. Et puis au verso, il y a désormais une blague, une blague à deux balles ou une devinette du même tarif, que l'on propose avec ironie à la sagacité de l'entourage, la bouche encore un peu trop pleine, la diction entravée. Comment fait-on aboyer un chat ?

# Dimanche

Il préserve sa fraîcheur, en dépit de l'évolution des rites. Il n'est plus essentiellement chemise blanche, odeur de poulet rôti ou sortie de messe – peut-être davantage chahut tendre des enfants dans le lit des parents, marché ou bicyclette, heure du déjeuner infiniment retardée. Mais il garde sa petite heure avec le soir, bien après la promenade obligatoire.

Dans le dimanche soir, il y a tous les dimanches de la vie enfermés, suspendus dans une bulle solitaire. Pourquoi ? On ne souhaite pas le savoir, mais le dimanche soir on est à la fois enfant, adolescent, et puis chargé de tout le temps qui a passé depuis. Un creux qui fait du bien, une tristesse douce.

*Di* : la syllabe qui dit que le jour est un jour a renversé son cours. Lun*di*, mar*di* : à chaque journée son programme assigné, comme une fermeture. Et puis dimanche. Cela commence comme un jour, mais ça s'échappe par magie dans un effet de manche. On va peut-être n'en rien faire, et cependant s'y retrouver. Il y a la chance d'une liberté. On va quitter sa vie, un peu, et pour finir se rassembler, se ressembler. Dans l'eau du bain se révéler. *Dimanche.*

# Neige

C'est beau, ce mot qui commence en niant. Oui, la neige est la négation douce du réel. Elle s'accroche tout d'abord en pellicule infime, irrégulière, soulignant les plans, les contours, les angles et les toits, hésitant à tenir au sol, mille fois bue par l'herbe ou le bitume avant de commencer à s'imposer. L'obstination progresse lentement dans le silence, et puis le monde accepte tout à coup de s'inverser, de se laisser aller à la sécurité feutrée de cette épaule.

C'est grave, ce qui se passe ici. Profond comme ce *è* tellement nordique de s'orthographier *ei*, de nous emmener en Russie ou en Norvège, avec des steppes immenses à découvert, ou bien des écharpes et des skis. La neige est tout, la joie, l'espace, le recueillement. Elle se prolonge au bord des lèvres dans la saveur à jamais suspendue d'une demi-consonne. Le *ge* nous interroge et nous protège. On peut préférer le *ow* de *snow*, l'enfoncement ouaté, anglais d'un paysage où Londres s'évanouit.

Mais *neige* est beau, aussi. Et puis on ne dit pas « la neige », mais « il neige ». Un pouvoir fort impose son message, son secret. Comme les toits, les rues, les champs, on se laisse border dans un grand lit d'oubli. Plus rien ne sert à rien que regarder, se taire. Il neige.

# Émotion

On prépare tant et tant de stratagèmes pour y échapper. La minoration délibérée des espoirs doit entraîner celle des craintes, alors on se construit des carapaces d'habitudes. On se projette dans un avenir furtif et proche. On croit se connaître un peu. Et puis voilà. Ce n'était qu'un château de cartes. Elle survient, visiteuse inattendue, faussement inespérée. On n'était pas si lourd, ni si solide. On est ému. On est mû, déplacé. Traversé par l'émotion, on devrait se trouver différent, et c'est tout le contraire. Il y a une envie immédiate, absolue de se noyer tout entier dans cette vague à l'âme. Se défaire alors de toutes les protections mentales, savoir que l'on n'était pas vraiment soi, avant, puisque ce qui nous bouge est un meilleur de nous, tellement plus fragile et tellement plus vrai. Se laisser pénétrer, s'abandonner, avoir la chair de poule. Ému, se reconnaître.

# Moyenâgeux

Si l'on n'avait pas de voisin, la vie serait différente. *Moyenâgeux* souffre-t-il de la présence à ses côtés de cet autre lui-même nommé *médiéval* ? Il est censé n'en être que le double péjoratif. Et cependant, tout son charme vient de ce rabaissement présumé. Moyenâgeux. C'est la cour des Miracles, les tire-laine et les vide-goussets, Villon pendant à bout de corde. C'est la lugubre pauvreté des campagnes, un aveugle couvert d'un bonnet sale, vêtu de drap gris-mauve, dérivant sur un chemin au hasard d'un monde creux, dans l'hiver noir. C'est ripaille parfois, Bruegel jette des bancs et des tréteaux sur un herbage, les marmots courent à quatre pattes entre les jambes des matrones qui s'esbaudissent grassement. Mais la ville surtout. *Moyenâgeux*. Tous les halètements du peuple sur les places, les grimaces des gargouilles et les envols de carillons, sur les marchés les culs-de-jatte, les marchands de fouace, les ribauds, et les velléités de la maréchaussée noyées par les huées de la canaille. *Moyenâgeux* est fort. Il n'a pas honte de son suc.

# Médiéval

Évidemment, c'est autre chose. On entend *val*, *édit*, *douve* peut-être, et *madrigal*. Brassens, qui se voulait foutrement moyenâgeux, savait que son joueur de flûteau se perdait quand il partait mener la musique au château. Là-haut, c'est médiéval. On coiffe des hennins, on promet des blasons. Les serviteurs ont perdu tout naturel en enfilant leur haut-de-chausse. Sur de longs plats d'étain, ils portent des rôtis fumants. Jongleurs et troubadours cherchent une lueur d'acquiescement dans l'œil fatigué du seigneur et de Dame Aliénor. *Médiéval* se voulait raffiné, joli. Du coup, il prend un sérieux coup de carton-pâte, et l'on supporte mal *Les Visiteurs du soir*, le casque à la Mireille Mathieu des damoiseaux confits de Marcel Carné. Et quand un jeu de rôles désuètement futuriste vient jeter sur ce clinquant les déplacements stéréotypés de l'électronique, le très chic *médiéval* frôle alors le ridicule.

# Cauchemar

Il est vraiment à la hauteur, à la cadence sourde du malaise engendré. Son chuintement est le passage initiatique vers une chute irrémédiable au profond d'une nuit sans issue, un océan où l'on tremble de partout se reconnaître. On y voit flotter au plus obscur les craintes familières, dans une exaspération cruelle entre l'absurde et le possible.

Mais le pire est peut-être la dernière syllabe, cette stagnation mate où rien ne passe, aucun espoir. Plus de mouvement, mais une mare de silence où toutes les noyades sont entérinées. La fièvre monte et rien ne bouge.

Et puis… comme un appel lointain monte soudain l'idée d'un paroxysme, une petite mort comme une échappatoire. Il faudra bien passer par là pour remonter à la surface. Quand ?

# Coulis

Le *i* de coulis n'a rien de strident, assourdi par la consonne liquide qui le précède, et tout autant par le *s* muet qui le suit, pour lui donner une secrète majesté. Mais c'est la douceur de la première syllabe qui emporte l'adhésion. Comment résister au coulis ? Dès qu'il commence à se répandre, il a le pouvoir de métamorphoser. L'atone gâteau blanc au fromage prend tout à coup une onctuosité paradisiaque, des déferlements inégaux le nappent de sensualité prodigue. Dans la bouche, dans la gorge surtout, il devient pur velours de fruits rouges, s'écoulant avec une lenteur souveraine, suscitant à la fois une sensation de satiété et de regret. Car le coulis est une idée si prometteuse et si parfaite que sa matérialisation en fait un délice en abyme. C'est incroyable : le coulis est un coulis.

# Perfide

Une restriction aux commissures des lèvres souligne la perfection physique de cet adjectif si conforme à sa signification. Parfois utilisé en épithète homérique pour évoquer l'ennemi héréditaire, la perfide Albion. Plus souvent pour qualifier la cruauté d'une réflexion assénée dans une fausse innocence mielleuse. Pour atteindre à la perfidie, il faut littéralement percer votre bonne foi, jouer dans le registre d'une perversion qui vous prendra de court, ridiculisé dans la posture du naïf consentant. L'image du serpent s'installe, avec sa séduction traîtresse, peut-être seulement à la pensée informulée de la langue bifide.

C'est d'autant plus détestable que cela reste dans le code hypocrite d'un échange soutenu, d'une politesse maniérée, presque précieuse. Le *per* vous traverse, et le *f* vous crucifie. À la flèche assassine de la perfidie, on préfère cent fois l'aveu massif d'une bonne vacherie !

# Vin

Quelle belle énergie dans cette syllabe unique ! La consonne initiale peut prendre d'autres accents, plus mesurés, presque languides, quand on dit *velouté*, *vanité* ou *volupté*. Mais le *v* de vin se rapproche davantage de celui de *vaincre* ou de *volonté*. Il est dynamisé par la nasalisation un peu acide qui le suit, et davantage encore par la brièveté de son élan. La bouche ne s'ouvre pas vraiment, et moins encore la gorge. Comme si on prenait à l'avance la mesure d'une révélation possible, à déguster dans la retenue et l'attention.

La rapidité du mot *vin* est inversement proportionnelle à la longueur des sensations que l'on espère. Il y aura peut-être un claquement de langue discret, assorti d'un « pas mauvais, ce p'tit beaujolais ! » gommant la déception d'un échange bien court. Mais ce sera parfois bien plus subtil, avec un épanouissement d'arômes tardif, quand on n'espérait plus. La surrection d'un terroir, l'ampleur des soins, les rites d'un savoir, tout cela promis par contraste dans la dynamique à l'emporte-pièce d'un mot en coup de vent. Vin !

# Mémoire

La moire a des reflets changeants, des chatoiements, des zones d'ombre. La mémoire est-elle de la même étoffe ? Le mot fait un peu peur depuis qu'on parle de la perdre et que cette façon de disparaître dans la vie avant de la quitter nous semble le comble de l'injustice et de la précarité. Nager dans une eau sombre, avec des mouvements appris qui n'ont pas l'air adaptés, se noyer jour à jour dans une fluidité insaisissable.

On n'écrit plus ses mémoires. Au pluriel, cela paraissait à la fois légitime et légèrement pontifiant, comme si l'on s'appuyait sur le socle solide d'une vie décantée par la lucidité de l'âge. Comme c'est loin !

Craindre aujourd'hui la disparition de la mémoire, c'est lui donner aussi davantage de prix. Il reste les archives, il y a le disque dur. Et la mémoire cependant se fait de plus en plus inquiète, fragile, solitaire. D'une personne très âgée perdant la tête, on disait autrefois qu'elle retombait en enfance. Ce n'était pas si grave. Assez tentant peut-être. Mais aujourd'hui, c'est comme si l'on avait créé soi-même l'océan vertigineux où l'on va s'enfoncer.

# Bleu

Le ciel parfois le propose en certitude. Mais le mot reste flou, et comme à la recherche d'autre chose. *Bleu*. La première consonne suscite ce délicieux bredouillement des gens qui doutent, « des gens qui trop écoutent leur cœur se balancer », comme le chante Anne Sylvestre. Puis la liquidité du *l* promet une recherche ondoyante, peu sûre de son propre sens. La fin demeure dans l'informulé, la nuance délicate, le trouble.

*Bleu*, c'est un mot pour nommer les choses de l'autre côté, au fond des mers, au fond du ciel, ou sur d'autres planètes. *Bleu*, c'est quand la ville penche vers le soir, allume ses lumières en faisant naître ainsi un moment impalpable, une chance adolescente de tout suspendre, de retrouver tous les possibles en contrepoint de l'arrêt au feu rouge. Eluard avait raison. C'est tout ce que l'on sent sous l'écorce des apparences. La terre est bleue comme une orange.

# Café

Café ? Oui, je veux bien. Ou alors non, j'en ai déjà pris trois ce matin, merci. Mais c'est un mot de passe. On appartient à la même civilisation. Le pouvoir du café, c'est également cette presque indifférence surjouée avec laquelle on va le consommer, en parlant déjà, pris par le sujet. Non, pas de sucre. Presque plus jamais de sucre. C'est dans le code aussi. Maigret touillait lentement avec une cuillère au moins deux sucres, sur le zinc. Ça faisait partie de l'enquête. À présent le serré, l'amertume, et juste ce petit moment d'arrêt de la tasse blanche au bord des lèvres. Cette façon de ne rien prendre en prenant quelque chose, c'est une politesse que l'on se doit. En deçà de la convivialité. On n'est pas ensemble, mais on est avec. Avec le monde, avec le jour, et quand même un peu avec l'autre.

*Ca-fé*. Les deux syllabes sonnent clair et sec, passent au-dessus de la rumeur, même dans les bistros les plus bruyants. Dans les cafés. On boit un café dans un café. On joue sa vie dans la vie.

# Enfance

Comme il poigne loin, à l'intérieur, au plus profond, comme il s'enfonce ! On y échappe seulement quand on le vit. C'est un mot pour après, pour nommer ce qu'on a perdu. C'est trop fort, ce monde où l'on ne se séparait pas du monde, où l'on devenait tout, sensations, sentiments, couleurs, tous les instants, toutes les choses. Quand on l'évoque, certains tentent de la mettre à distance : « Moi, tu sais, l'enfance… », avec une petite mine dégoûtée. Comme si c'était pour ça qu'on ne voulait pas se retourner. Mais non. À tout prendre, les enfances malheureuses ou médiocres sont celles où l'on peut le plus revenir, pour la satisfaction de leur avoir échappé.

Les autres enfances sont insupportables. C'est comme passer la main sur une flamme en sachant bien que l'on sera brûlé. Mais justement. C'est tout le prix de ce mot-là qui fait semblant de nous appartenir et nous dépasse.

# Javanaise

Le dandysme de Serge Gainsbourg a réussi là son coup le plus chic. Une danse que tout le monde n'appelait plus que la java. Les deux syllabes avaient complètement perdu leur origine indonésienne et sonnaient seulement ouvriers en goguette, casquette de travers, petits marlous, les mains sur les fesses de filles pas farouches aux jupes serrées, déhanchements fébriles sur les reprises canailles de l'accordéon.

Et voilà que Gainsbourg nous donne une javanaise qui retrouve le vrai nom de la java, mais n'a plus rien à voir avec elle. La mélodie de la chanson, si nostalgique, d'un chromatisme infiniment subtil sur la scansion du mot, précédé d'un subjonctif précieux : « ne vous déplaise, en dansant la javanaise… ». Tout au long des paroles, ce jeu sur le javanais : « j'avoue j'en ai bavé pas vous… ». On est bien à Paris, mais le mot *javanaise* n'est plus qu'en apparence le nom d'une danse. Seulement celui d'une relation furtive, voluptueuse et désenchantée. Le nom peut-être aussi d'une femme mystérieuse, une Kiki de Montparnasse inaccessible, évanouie par avance dans les volutes de fumée.

# Allégresse

Ça ne jaillit pas vers les hauteurs oxygénées, comme la joie. Ça n'interroge pas le cours de la vie, comme le bonheur. Mais c'est un joli mot, qui déploie le corps et l'esprit dans un assentiment au monde. On n'attend rien de plus, simplement de goûter comme jamais la fraîcheur du petit matin. À bicyclette, c'est bien pour ça, quand la ville dort encore, le pédalage peut traduire cette rondeur inattendue, parfaite. Des pas de danse dans la tête, on n'a aucune raison de faire la fête, et c'est ça, l'allégresse. S'étonner d'être bien, et puis s'abandonner. On a des ailes, et quand même ça dure un peu dans le presque grave, avant de se dissoudre sans regret. Ça vous tombe dessus puis ça s'en va, ça reviendra par hasard sans qu'on sache pourquoi.

C'est un des rares sentiments qui ne génère aucune angoisse, aucun désir de possession, aucun regret. Ça vous pénètre et ça ne vous appartient pas. Un mélange de sensations ? Mais non, c'est beaucoup plus profond que ça, et plus insaisissable. On n'aura pas la clé. Il faut se laisser faire.

# Grille

Celle d'un château, d'un manoir ou d'une maison bourgeoise. On regarde à travers : on voit se dessiner un parc ou un jardin, des pelouses, une allée. On voit se dessiner l'essence du désir : son interdiction ouvragée, qui nous relègue pour toujours du côté de l'attente. Les grilles font des arabesques sur les bords, s'érigent en lances parallèles. Elles sont rouillées, parfois.

Ils viennent à la belle saison, Paris les tient. Monsieur Michel était là le week-end dernier, on l'a vu à la boulangerie. Pas à la messe, non. Les jeunes n'y vont plus. Sa nouvelle compagne est très belle, paraît-il. Leur vie peut-être ne vaut pas tout le respect qu'on feint de lui prêter. Mais les savoir aussi naturellement condescendants, fugaces, insaisissables donne au village un mystère dont il ne saurait se défaire. C'est la grille qui veut ça. Cette distance installée qui nous éloigne et nous rassure. Nous sommes du côté de la simplicité. Et du rêve aussi, de l'imagination, de l'éternelle allée qui jamais n'aboutit. Du bon côté de la grille.

# Saltimbanque

Celui qui saute sur le banc. On imagine aussitôt une place pavée au Moyen Âge, des tire-laine, des marmots barbouillés de boue, des nourrices goguenardes, mains sur les hanches, le verbe haut. Le saltimbanque n'a pas besoin d'apprêt. Un seul banc lui suffit pour faire admirer sa souplesse, sa minceur, sa détente. Il marche sur les mains jusqu'au bout de son accessoire, au risque de se rompre les os ; il a gagné quand il a fait passer une onde de frayeur sur l'assistance. On lui jette une pomme, un sou, qu'il ramasse en saluant, sans que l'on sache trop s'il sourit ou grimace, puis il rend le banc à l'aubergiste, et s'éloigne.

La solitude pauvre et la légèreté sont restées dans le mot, quand bien même on aurait oublié son origine. *Saltimbanque*. Il y a l'idée d'une provocation. Le saltimbanque est admirable et un peu louche, vit de bric et de broc, et fait un pied de nez à nos engoncements trop raisonnables. Il prend des risques, le corps libre, et la tête bien plus encore. Son spectacle nous divertit, mais lui, il nous inquiète.

# Suffragette

Elles voulaient voter, les effrontées ! C'est un homme sûrement qui a inventé ce mot, avec la condescendance narquoise que l'on pouvait avoir pour les luttes féminines, au début du vingtième siècle. Le temps qui passe n'est pas tendre avec le machisme. Molière mettait à son époque les rieurs de son côté, mais aujourd'hui les femmes savantes sont beaucoup moins ridicules que Chrysale, qui vit de bonne soupe et non de beau langage.

Ainsi dans *suffragettes* le suffixe réducteur a-t-il changé. Il résonne désormais pour souligner une attitude têtue, courageuse, d'autant plus opportune qu'elle se heurte au conservatisme des hommes à gros bedon, chaîne de montre et rire apoplectique. Ce n'est que justice, et retour pas volé à l'envoyé. La suffragette emporte désormais tous nos suffrages.

# Fragile

À la fois pessimiste et optimiste. Pessimiste, il livre d'emblée la probabilité, voire l'annonce d'une cassure, d'une fracture. La consonne centrale en atténue légèrement le choc, quand la dernière syllabe souligne en paraphe diaphane la délicatesse et peut-être déjà l'idée d'une possible meurtrissure.

Mais optimiste aussi. Ce qui est fragile n'est pas encore cassé. Une abondance de précautions s'impose qui peut-être préservera ce qui semble si menacé. Savoir que les choses, les sentiments, les êtres mêmes sont fragiles ne suffit certes pas à les protéger. Mais la conscience de leur fragilité leur donne tout leur prix, en menaçant de leur disparition. Fragile. Une façon prudente et fine de dissiper le mauvais sort en l'invoquant.

# Presqu'île

Une belle idée. La métaphore d'une vie réussie. Être une presqu'île. Se suffire, avoir son univers, sa liberté, sa solitude, mais sans couper les ponts, sans renoncer au monde. Une langue de terre vous relie aux autres. Ils peuvent l'emprunter pour venir vous voir tel que vous êtes, ou bien c'est vous qui revenez vers eux quand ça vous chante, dans une parenthèse nécessaire et limitée.

Le *presque* semble modeste. Un adverbe minorant : une presqu'île serait a priori un peu moins qu'une île, un peu moins de caractère, de personnalité, de sauvagerie bien sûr. Mais il ne faut pas s'y fier. Le *presque* donne aussi au mot un bel équilibre, une longueur, une élégance. La presqu'île ne surjoue pas, elle reste à portée. Mais elle est tellement sûre d'être ce qu'elle est qu'elle n'a pas besoin de déclaration d'indépendance.

Julien Gracq a titré *La Presqu'île* le plus beau de ses recueils de nouvelles. Tout y est dans l'attente, le secret ; on se tient au bord des choses, à deux pas de l'ailleurs, et tout paraît pourtant si familier. Le véritable écart ne demande pas à détruire la route, ni la trace des pas. C'est la presqu'île.

# Gourgandine

Il est drôle, celui-ci, d'un comique qui fonctionne d'emblée au second degré. On ne peut l'imaginer que s'échappant des lèvres pincées d'une vieille fille acariâtre et réprobatrice. La cible visée est une femme recueillant les hommages des mâles, par des voies malhonnêtes, avec un désir de pouvoir ou de finances. *Prostituée* ne serait qu'un constat quasi professionnel, aux sonorités peu évocatrices. *Gourgandine* est tellement plus méchant ! Une gourde qui se dandine, fait jouer ses avantages dans une impudeur lascive. La gourgandine ne saurait être maigre. Riche de croupe, de poitrine, ou seulement de technique consommée pour les mettre en valeur, sa mise en scène reste primaire, presque bestiale.

Mais quoi ? La proie à conquérir est d'une bêtise si profonde, d'une puérilité si niaise dans l'appétit sexuel ! Car ne nous y trompons pas. C'est bien le premier sexe qui est visé par ce mot ridicule. Il leur suffit de *ça*, et les voilà tout assoiffés, la langue pendante comme le loup de Tex Avery, victimes émerveillées d'une promesse de débauche à quatre sous – et peut-être un peu plus. Ah ! les hommes ne sont pas grand-chose, allez ! Leur pensée, leur pouvoir, leurs convictions profondes, leur éthique, fétus que tout cela. Pour mettre à bas tout l'édifice, il suffit d'une gourgandine !

# Sybarite

L'épicurien est un moraliste. Il a soupesé les enjeux et décidé que le plaisir s'imposait rationnellement comme le but ultime de l'existence. De la gastronomie à l'amour, à l'amitié, à la culture, il module les ingrédients, diffère les excès pour profiter en pleine conscience maîtrisée. Rien de tous ces raffinements intellectuels chez le sybarite. Le sybarite, jouisseur absolu, est un baba au rhum : il macère en toute volupté, spongieux, béat, ravi. Pour lui le présent n'est pas un refus délibéré du passé, du futur, mais une évidence : chaque instant est une ivresse.

*Sybarite* : le mot lui-même traduit ce délectable assoupissement de la conscience. Il commence comme *sommeil*, ou *sieste*, et n'imagine même pas que ce pourrait être *souci*. Pour le sybarite, les êtres qui *can get no satisfaction* sont un mystère impénétrable. Gorgé de bonheurs faciles, il ne s'inquiète ni de cholestérol ni de triglycérides. À quoi bon formuler le concept d'infarctus puisqu'on peut vivre ou disparaître à la seconde ? Le sybarite n'a qu'un seul défaut : il n'existe pas.

# Bonheur

S'il n'y avait qu'un mot, ce serait celui-ci. Bonheur, ce luxe douloureux, ce beau souci. Pendant des siècles et des siècles, les hommes en ont fait l'économie. Ils chassaient seulement la joie ou le plaisir, résignés à n'espérer une satisfaction durable qu'au-delà de cette vallée de larmes appelée la vie. Et puis ils ont commencé à vouloir s'accomplir sur la terre. Alors est née l'idée, alors est né le mot. *Bonheur*. Un mot très sourd. Le *b* comme un début de bulle, comme un désir d'envol. Mais la seconde syllabe dure dans le feutré profond, semble épouser l'horizontalité à peine courbe de la planète.

Bonheur. Beaucoup prétendent n'y pas croire, et le conjuguent seulement au passé inconscient, au futur impossible. Le monde nous envoie sans cesse les pires nouvelles du monde, mais nous ne sommes pas dupes : tout ce pessimisme n'aurait pas de sens s'il n'y avait la certitude qu'autre chose nous mène, qui dépasse de beaucoup la zénitude, la paix, l'équilibre ou l'harmonie. Un quelque chose si discret, presque impossible à dire, et qui trouve pour se nommer un mot si retenu, dont l'écho grave se prolonge à tout jamais. *Bonheur*.

# Cambrioler

Certes, les conséquences sont des plus amères quand on est la victime. Mais il n'empêche. *Cambrioler* est un mot pirouette, si leste et enlevé.

On pense davantage à Arsène Lupin qu'à une brute épaisse. On entend l'aboiement d'un chien, la lune luit, une silhouette mince se rétablit en haut d'un mur, tout en souplesse. Il y a la prise de risque, et puis… Le cambrioleur est du bon côté, du côté du désir, de l'audace, contre l'assouvissement craintif, la possession mesquine. Troublant l'ennuyeuse nuit des beaux quartiers, il fait passer un souffle de vie. Dans *Le Voleur* de Louis Malle, le personnage joué par Belmondo dit : « Je fais un sale métier, mais j'ai une excuse : je le fais salement. » C'est vrai pour le voleur, peut-être. Mais si cambrioler n'est pas un beau métier, il peut être fait si joliment, à pas d'acrobate léger, dans le presque silence.

# Grimoire

Un manuscrit mystérieux, à la couverture de cuir fauve, aux pages épaisses, crémeuses, un peu déchiquetées. Des enluminures rouges et or passé, une encre noire à peine délavée, des caractères gothiques, des lettres effilées, dentelées, des mots comme des chimères en gargouille au fronton d'une cathédrale. Et puis des recettes de sorcière avec des herbes vénéneuses, des secrets d'alchimiste, des codes indéchiffrables, des clés pour pénétrer un monde dangereux, vertigineux.

Un joli mot à deux entrées, moitié gribouillis moitié mémoire, qui coule dans la bouche avant de fuir en entonnoir, mais dont la part légère a pris le dessus. On le trouve dans les contes si on va l'y chercher, mais de façon plus racoleuse il s'est lié à un imaginaire médiéval un peu dérisoire, des dessins animés, des jeux de rôles, des romans de fantasy stéréotypés aux couvertures kitsch. D'ailleurs, il s'est attaché une épithète homérique. On ne dit plus qu'un *vieux grimoire*, comme si les révélations suscitées n'étaient qu'une phase obligatoire dans un récit supposé haletant, mais tellement prévisible. À jeter ces syllabes dans l'espace, il reste cependant un plaisir évident. C'est un bon compagnon dans le confort des peurs apprivoisées.

# Charme

Une seule syllabe, mais il paraît beaucoup plus long. Le *r* est complètement adouci dans l'affable chuintement de *cha*, puis vient la résonance soutenue d'un *m* féminisé par une voyelle à peine prononcée, mais si paisiblement mystérieuse. C'est bien, les mots qui s'amenuisent perdent au fil des siècles leur violence originelle. Il y a bien longtemps, on jetait un charme, une malédiction, un sortilège d'où pouvait seul vous arracher le pouvoir d'un demi-dieu ou d'une fée. Quelque chose de cette intensité perdure dans le charme que l'on trouve à une femme, à un homme, un pouvoir de séduction qui ne s'explique pas et se rattache inconsciemment aux sorts mythologiques, aux élixirs médiévaux.

Le charme est devenu encore plus petit parfois, vendre ses charmes, la lingerie de charme. Pas désagréable après tout de se dire que dans l'érotisme le plus léger demeure la trace d'une gravité fatale. Les mots gardent en secret les sens qu'ils ont perdus. Pour peu qu'on sache lire, ils ne sont pas de bois. Le spectre reste entier. Le charme d'aujourd'hui se porte comme un charme.

# Orgeat

Un verre d'eau fraîche et de sirop d'orgeat. Le goût est incroyable. Il réveille aussitôt une sensation familière. Oui ! Ces petits pots ronds de colle d'amande, avec le bâtonnet préservé dans une partie évidée. Pas très pratique : une colle un peu grumeleuse, épaisse, mais le cérémonial était si délicieux, à cause de l'odeur surtout. Et voilà qu'on a l'impression soudaine de boire de la colle ! Pourquoi l'orgeat sent-il la colle ? Et comment peut-il être aussi agréable de boire de la colle ? Pendant longtemps, on ne pose pas la question. C'est un petit mystère de l'été : dans cette opacité blanchâtre dort un secret gourmand.

Et puis, quand même, on finit par apprendre. Avant, on fabriquait l'orgeat avec de l'orge seulement, mais on y mêle désormais du lait d'amande et de l'eau de fleur d'oranger. Fleur d'oranger : le mot coule si bien avec la douceur de l'orgeat. Quant au parfum de lait d'amande, c'est lui qui reste le plus fort. C'est si désaltérant, à l'ombre du noyer. Orgeat, oranger, sucre d'orge… Comme un plaisir poisseux, équivoque et léger.

# Saudade

C'est grâce aux chanteurs de bossa-nova brésiliens, aux chanteuses de fado portugaises : chantée, la langue lusitanienne a des inflexions envoûtantes, un mélange de douceur et d'énergie qui nous convie d'emblée au partage des états d'âme. La souplesse acidulée des *j*, des *z* précédant le détachement esquissé des diphtongues a ce pouvoir de suggérer à la fois la volupté et la mélancolie. Il y a un plaisir particulier à voir figurer dans un dictionnaire de langue française le mot *saudade*, prononcé de notre mieux à la portugaise, car il exprime une intériorité pressentie comme tellement subtile que nous ne saurions l'aplatir avec le *sau* de saumure. La saudade n'est pas confite dans sa déréliction. Née de l'idée de solitude, elle en exprime à la fois la tristesse et la satisfaction, le sentiment de vivre un peu plus fort en approchant la nostalgie, dans un velours de brume.

# Pinte

Un demi-litre de bière, c'est beaucoup. Il y aurait sans doute une gêne à en faire la commande à haute voix. Mais une pinte, c'est différent. La même quantité bien sûr, mais le mot s'enracine dans une tradition qui justifie toutes les soifs.

Il y a l'aspect british. En demandant une pinte on se retrouve dans un pub, avec tant de brouillard dehors, dans une ambiance de soirée étudiante, ou villageoise, ou rugbystique. Mais pinte retourne aussi au français médiéval, à des mesures respectables parce que révolues, comme on dirait trois pieds six pouces. C'est un mot sec, sérieux, précis, en parfaite opposition avec l'onctueuse avalanche d'or liquide et de mousse qu'il va cautionner. La pratique de la « happy hour » de plus en plus répandue dans nos contrées gauloises favorise même cette petite transmutation sémantique : « La pinte au prix du demi. » Et bizarrement, un demi, c'est un quart. Pour ceux que ne contente pas la première gorgée, la pinte est une délectable hypocrisie.

# Tapioca

On peut répéter à l'envi *tapioca*, on ne fera jamais surgir ce que les sons clament à l'évidence : une espèce de charivari brésilien, un exotisme tropical, manioc et carioca. Non, sur *tapioca* tombe aussitôt l'image d'une table familiale silencieuse et triste dans le soir, l'obligation d'avaler contre son gré cette soupe grumeleuse et fade qui sent la vieille dame et l'ennui, les jours qui refroidissent dans l'assiette.

Et puis un jour on vous sert au dessert, sur la même table, un tapioca sucré, une petite coupelle toute fraîche, surmontée d'une tranche d'abricot… La tonalité nauséeuse et grisâtre est devenue une neige onctueuse, et c'est si bon de mêler à cette saveur inespérée l'idée qu'on peut la cacher sous le nom d'une soupe infligée. Comme un plaisir caché, ou concédé du bout des lèvres. Juste une petite samba intérieure.

# Fosbury

Le patronyme est devenu un nom commun. Dick Fosbury, grand échassier américain, initiateur d'une façon de sauter qui parut folle au milieu des années soixante. Sur le dos. Dick conquit ainsi la médaille d'or olympique, 2,24 m aux Jeux de Mexico. Rien ne l'interdisait. Avant, l'athlète enrobait la barre dans un rouleau ventral qui l'épousait, avec d'infinies précautions. En *fosbury* – déjà on en parlait ainsi – c'était tout autre chose, un vol plané interminable. Le sauteur quittait le monde contingent pour fuser tellement longtemps au-dessus du matelas de réception. Bientôt, tout le monde sauta en fosbury, les hommes et les femmes. Dick Fosbury inventa un nouveau type d'élégance féminine.

Car c'est ainsi. Cette manière de se donner un élan très rapide, puis de se laisser embarquer dans l'espace, est comme un long paraphe métaphorique de la féminité. Des oiseaux blonds souvent, des Ukrainiennes, des Suédoises, parfois une brune Italienne. De longs corps si minces, d'une vigueur et d’une flexibilité mêlées à la préciosité d’un verre filé qui pourrait se briser. Question de sport ? Question de style. Fosbury. Trois syllabes de drapé gracile. Le couturier s’est effacé.

# Crépuscule

Il sonne dix-neuvième, baudelairien, ou même hérédiesque, chargé d'or et de reposoirs mystérieux, précieux et solennel. Il est censé pouvoir évoquer le début comme la fin du jour, mais il n'y a pas de hasard : tout en lui l'entraînait vers la délectation morbide, la plongée dans le noir. Il marque toutefois un alentissement grandiose, et même la pompe d'un arrêt. « Être entre chien et loup » définit l'hésitation dans la furtivité. *Crépuscule* est infiniment plus tragique, sans renoncer aux rayons fléchissants d'une dernière volupté. Avant de sombrer tout au fond de l'horizon, l'astre solaire propose une gloire oblique digne des *Dix Commandements*. Il faut pour entrer dans la scène le physique de l'emploi ; celui de Charlton Heston convenait à merveille.

On peut quitter le jour, abandonner la vie tristement, discrètement, sans tambours ni trompettes. Mais être à son crépuscule implique un face-à-face hiératique dans l'emphase. Un grand barbu hollywoodien regarde son destin. Ou un Victor Hugo. Un dieu toise l'idée de Dieu. Oui oui, le crépuscule est un peu ridicule.

# Crépusculoroyos

C'était dans une poésie, tout au début de l'école, au cours préparatoire. Ça devait parler de nature, dans un registre hugolien. Je n'ai rien gardé que ce mot, qui changeait tout, comme si le texte entier n'avait été écrit que pour lui. *Crépusculoroyos*. Quelle opulence ! De couleur : peut-être s'agissait-il d'oiseaux exotiques aux crêtes rouges, aux ailes bleues ? Mais il y avait l'idée de l'or aussi, un trésor caché loin, au fond d'une grotte, en Afrique. L'ampleur des six syllabes, le craquement initial suivi d'une avalanche vocalique ronde autorisaient tous les privilèges de l'imagination la plus chaude et la plus informulée. Pas pressé de découvrir quelques mois plus tard qu'il fallait entendre *crépuscules royaux*, une bien fade réduction partageable d'un concept infiniment plus luxuriant dont j'étais le seul propriétaire, comme Colette avec son petit escargot nommé presbytère[1]. Plus tard, bien bien après l'enfance, on parle avec des mots des mots qui dépassaient les mots.

1. Voir « Presbytère », p. 22. *(NdE)*

# Crapule

Longtemps elle fut *immonde*, ou *vraie*. C'était un terme fort, avec l'idée de crasse morale, de turpitudes sans recours, dans la malignité bourbeuse, le cloaque. Mais la deuxième syllabe annonçait déjà un traitement plus preste. La crapule allait devenir au fil du temps *vieille*, ou *petite*, sans abandonner tout de suite sa noirceur. Et puis *petite* a définitivement gagné, et le mot a changé. Il est devenu joli et séduisant, parce que *petite crapule* est la plupart du temps lancé par antiphrase. Oh bien sûr il y reste un peu de vice, mais dire *petite crapule* à un enfant, c'est avoir avec lui un tendre échange physique, faire semblant de l'accabler de tout ce qu'il n'est pas, en le chatouillant peut-être, ou en lui faisant un câlin chahuteur.

L'idée du mal résiste délicieusement quand la petite crapule est une compagne sexuelle et que ses turpitudes espérées peuvent gentiment basculer vers un échange aphrodisiaque, ou même une perverse duplicité. C'est bon de s'amuser à croquer *cra*, quand le mal fait des bulles.

# Troudoucou

C'est l'apanage de ceux, de celles qui gardent leur accent étranger avec une coquetterie manifeste, même quand des décennies sont passées par là. Jane Birkin est bien sûr l'archétype de cette séduction qui se joue des registres. Dans sa bouche tout est charmant. On la soupçonne même de préserver un bon moment un niveau de langue des plus soutenus pour mieux faire sentir le caractère délibéré de son audace, quand elle évoque soudain un petit *troudoucou*. Le contexte de l'interview télévisée n'appelle guère la grossièreté d'un petit trou du cul. Mais un petit troudoucou est tout autre chose. C'est Jane Birkin qui prend d'un seul coup un ascendant définitif en retrouvant une faconde libertaire que vous aviez presque oubliée, charmé par son intelligence, un peu troublé de vous rappeler qu'il fallait superposer les halètements de *Je t'aime moi non plus* à l'image de cette femme si humaine, si bien posée sur terre. Elle a encore gagné, avec son troudoucou.

# Moineau

Il est tout fluet, on ouvre à peine la bouche, on dit *un p'tit moineau*, en précipitant les syllabes comme par peur d'effaroucher l'oiseau. Mais c'est en vain. On ne peut apprivoiser cette légèreté peureuse, cet affolement perpétuel. Quand ils s'approchent pour manger les miettes, on dit « ils sont gonflés », mais cette audace gourmande est aussitôt suivie de reculs insaisissables. Pas besoin de toucher. Rien qu'en disant le mot, on a déjà l'impression de sentir au creux de la main une tiédeur osseuse, défendue à coups de bec et qui ne saurait se laisser aller à la béatitude. On aimerait tenter de les tenir, on ne saurait que les broyer. Ils sont tout ronds pourtant, avec deux *o*, si proches en apparence et si sauvages. Ils ont la couleur de la ville, tous les gris, tous les bruns, et cette frénésie tranquille a des accents de paupérisme dix-neuvième, dans un Paris où les gamines ne viendraient pas de Bucarest mais d'un roman d'Eugène Sue. Accordéon. Chanson des rues. Vol de moineaux.

# Franciscain

C'est drôle, l'idée de sainteté a disparu dans l'adjectif. Aucune austérité dans *franciscain*. Aucune pauvreté non plus, ce qui pourrait sembler antinomique avec le personnage de saint François. Mais au-delà de tous ses renoncements, l'homme d'Assise diffuse une telle idée de pureté qu'on n'y sent plus l'effort. C'est l'opposé du tartuffien « Serrez ma haire avec ma discipline ! ». La pauvreté de François n'a rien d'une ascèse aux forceps. Elle jaillit si claire dans l'idée du paysage toscan qu'elle en décuple la suavité. *Franciscain*. On voit déferler des vergers, l'amitié presque sensuelle avec les frères loups et les frères humains, avec les choses d'ici-bas plus fortes d'avoir été décantées, plus secrètement lumineuses de ne pas être l'objet d'un désir de propriété. *Franciscain*. La cadence du mot joue l'harmonie dans cet accord avec le monde. Toutes les soifs comblées, quand l'eau suffit.

# Pêche

Peau de pêche, teint de pêche. Sans doute cet infime duvet qui couvre la rotondité callipyge n'est-il pas pour rien dans l'anthropomorphisme épidermique. Mais la douceur de la pêche confine à l'excès. Dans la main, sous les doigts, naît aussi une légère irritation paradoxale. Les lèvres mêmes ébauchent une restriction de repli, comme si trop de finesse suscitait un impalpable malaise. Ce poil follet si court sur une peau diaphane, évanescente, décourage l'attaque à l'incisive. Ce serait embourgeoiser la pêche que de la consommer selon les règles avec le couteau, la fourchette. Mais la croquer n'est pas si naturel. Une petite gêne, comme parfois avec les élégantes trop soignées, esthétisées. C'est purement physique et c'est moral. Le mieux est l'ennemi du bien, et cette peau n'est pas facile à mordre. Trouvez-la douce et passez votre chemin.

# Rococo

Dans les susceptibilités froissées par les rapports de force, la question du goût est épineuse. Le mauvais goût est bien sûr celui des autres, du moins essaie-t-on de s'en convaincre. Quel bonheur de trouver alors sur sa route le concept et la sonorité de *rococo* ! Rococo : pas de débat larvé possible, on est sûr de son fait. Goguenard, on prononce les trois syllabes clownesques, avec un sourire entendu. Comment un style a-t-il pu accepter de se voir nommer ainsi ? C'était couru d'avance. Quoique… il s'agit d'un bâtard, c'est vrai, et cette contraction comique a englobé le *baroque* italien et le *rocaille* français. Ce presque cri de coq résulte donc d'une étymologie des plus rationnelles. Il y a eu des gens pour aimer ça ! La preuve dans les églises et les palais, où l'on ne devait guère décorer par dérision. Comme quoi le XVIIIe siècle, politiquement correct par excellence dans nos débats de forme, de fond, et surtout d'art de vivre, avait aussi ses faiblesses.

On dira le plus souvent « C'est du pur rococo ! » avec le bonheur de stigmatiser la surcharge, ce qui n'est pas prendre un grand risque par les temps qui courent… En attendant qu'un jour le béton ne devienne à son tour le comble de la présomption, la marque souschargée de notre ridicule.

# Poissard

Qu'il est graillonnant, collant, épais ! *Poissard.* Le malchanceux. Il est si lourd de poix, de poisse et de cauchemar. Le poissard secoue ses mains en vain pour se débarrasser d'une glu de malchance qui l'entrave et qu'il transmet.

Mais le beau poissard n'est pas celui-là : c'est le poissard du dix-huitième. On ne l'a pas perdu par hasard. On ne mérite plus l'impudence triomphante du temps où il était un mauvais drôle. Vadé avait écrit son *Catéchisme poissard.* Ces deux mots antagonistes disaient toute l'impudeur de l'anathème. Le catéchisme nous paraît aujourd'hui bien fade et sans pouvoir. Que pourrait-il en être du catéchisme poissard, qui violait dans sa gouaille provocante les valeurs de la rétention, de l'abstinence, de l'onctueuse extrême-onction ? Poissard, c'était le voyou des ruelles tordues baissant son froc avec un rire gras au passage de l'évêque, et contant son exploit à la soubrette médusée par tant d'audace. Un triomphe indécent, chanté d'une voix libre. Quand on croyait au ciel, qu'il faisait bon descendre !

# Musarder

Flâner en s'amusant. Voilà un beau programme, ou plutôt le luxe absolu : l'absence de programme ! Davantage que dans *flâner*, il y a dans *musarder* l'idée de s'attarder, de humer l'air et les recoins de la balade avec l'envie de découvrir. On entend bien *hasard*, mais on domine la vadrouille, on en provoque les surprises. Il y a de la provocation dans cette activité de presque rien, une coquetterie de muscadin aussi. Un pas de danse, une légèreté, un désir informulé de rencontre amoureuse – avec quelqu'un ou quelque chose. Silencieux comme un renard on se coule, on se glisse, un peu pointu, un peu futé. On déclenche l'opprobre des gens sérieux, pressés. Le musardeur ne disparaît pas dans le paysage. Il montre lestement un peu de sa fourrure rousse pour bien faire sentir leur lourdeur à tous les craintifs propriétaires de poulaillers. Le musardeur s'amuse de la vie. Il ne sera jamais propriétaire.

# Mutin

Un sourire mutin. Une œillade glissée en coin par une grisette. Une étincelle coquine qui fait la soirée savoureuse, une invite esquissée. Un mot si léger ! On y entend trotter les bottines de la petite amoureuse de Rimbaud, on est si peu sérieux quand on a dix-sept ans ! Le regard mutin joue tout entier sur la seconde syllabe, ce *tin* qui ne se prend pas au sérieux, une clochette acidulée dans les soirées de juin.

Le substantif est tout l'inverse. C'est le *mu* qui commande. Les mutins du *Bounty*, des marins excédés qui se révoltent au péril de leur vie. La canonnade n'est pas loin, le mousquet, le poignard. Cela mugit, on entend meute, émeute, une clameur, une juste colère débordant comme un fleuve sourd.

Un mot à deux profils qui s'ignorent et ne se mêlent en rien. Un couple bien têtu. Rien à se dire, et cependant ils continuent de vivre ensemble.

# Munificence

C'est Fouquet qui étale sans pudeur la splendeur de son château de Vaux-le-Vicomte aux yeux de tous – aux yeux surtout de Louis XIV, qui ne le lui pardonnera pas. *Munificence*. Il y a une telle opulence dans ces quatre syllabes, dont la dernière laisse nonchalamment flotter la traîne de l'autosatisfaction. Il y a l'idée de générosité bien sûr, mais encore davantage celle d'ostentation. On entend presque *magnificence*, mais le *u* n'est pas là par hasard : il restreint le champ de l'offre à des fins égoïstes, en resserrant l'ouverture de la bouche. On a beau feindre de se laisser éblouir, on n'est pas dupe : tout cela finira dans la condescendance, et cette poudre d'or, c'est de la poudre aux yeux.

# Colporteur

Passéiste, car il a perdu au fil des ans toutes ses connotations vivantes pour devenir assez vile abstraction : un colporteur n'est rien qu'un diffuseur de ragots. Encore ne l'emploie-t-on plus guère. Mais on le trouve dans des livres, sur des images d'autrefois. Le colporteur. On voit une silhouette aventurière chapeautée contre le soleil et la pluie, assez énergique pour marcher de village en village avec son pesant barda. Il se rafraîchit près de la fontaine en arrivant, puis l'on fait cercle autour de lui, pendant qu'il déploie ses trésors : du linge de maison, du calicot et des rubans, des épingles à cheveux, des broches, des colliers ; pour les enfants des toupies, des sifflets ; des jeux de cartes pour les hommes, et quelquefois du tabac à priser.

Il est comme une fête à lui tout seul, un petit vent d'ailleurs, un chatoiement fugace. À l'auberge, il donne des nouvelles des vallées voisines. Il attire, mais on se méfie. Le lendemain, il se doit de repartir sans laisser de traces. On le plaint, on l'envie. Il passe par les cols, sa charge sur le dos. Sa vie ne s'endort pas, il ne se retourne pas. À mi-chemin du vagabond et du marchand. Romantique et prosaïque, moins libre qu'il ne semble, mais plus libre que nous. À mi-chemin, toujours.

# Croquis

Il y a l'idée de simplifier, de donner juste l'idée. Mais ce n'est sans doute pas par hasard que les sonorités de *croquis* sont aussi rondes en bouche. On ne croque pas la réalité comme on croque une pomme, et cependant… Si l'on peut faire un croquis, c'est que les choses sont vivantes, singulières. En les dessinant à grands traits on leur prête une supériorité que leur évocation orale ne possédait pas. Faire un croquis, c'est partager la faim du monde. Pour que l'autre puisse imaginer. Mais aussi pour qu'il se dise qu'il ne s'agit que d'une esquisse, que le réel est autrement complexe. Et puis pour sublimer l'idée de forme. Il y a certes les couleurs, les odeurs, le vent ou le soleil. Mais tout au cœur il y a un plan, des lignes, une contingence qui ne s'évanouit pas dans l'aléatoire poésie des sensations. La vie existe, puisqu'elle nous dépasse. « Attends, je vais essayer de te faire un croquis. »

# Camerlingue

Si pontifiante, cette dignité ecclésiastique. Toutes les hiérarchies sont ridicules, mais celle de l'Église a quelque chose de plus, avec ses improbables panoplies – à quoi bon faire la roue quand on renonce au sexe ? C'est le sommet de la solennité compassée, cette façon de se prendre au sérieux avec un abord confit de retenue doucereuse. Ils sont studieux, ces cardinaux, si pénétrés, pleins d'une extrême onction. La bouche en cul de poule, faussement pardonneuse.

Mais la seconde partie du mot vient joyeusement tout bousculer. On a beau vouloir se concentrer sur une étymologie raisonnée, *camer* pour *chambre* ; dans *lingue* on entend *dingue*, et c'est bien fait. Ces messieurs trop sages cachent mal leur orgueil de petits garçons gâtés. Dans la coquetterie de tous leurs falbalas extravagants.

# Lointain

C'est beau, cette absence. Un regard lointain. Quelqu'un qui nous échappe, va chercher quelque chose au-delà de son horizon, ou bien du nôtre, nous ne le savons pas. Il y a là une lenteur dont nous sommes exilés, mais que nous inventons peut-être. Une profondeur. La vie nous plaît en devenant un cabinet à éclipses. C'est davantage qu'une rêverie supposée, c'est la révélation de contrées mentales qui donnent à l'ici sa raison d'être : l'envie d'un ailleurs.

Ailleurs est un pays d'ici. C'est ce que nous impose le regard lointain. Mais le mot est plus beau encore quand il devient un nom. Le lointain. Là, on entend se prolonger la sonorité dans un infini qui serre le cœur. C'est un pays douloureux, celui de toutes les fuites, de tous les départs qui nous font mal. Et c'est pourtant la vie encore. Peut-on dire le lointain pour évoquer le pays de la mort ? Non, c'est pour souffrir émerveillé, quand l'imagination et l'espérance habillent d'une brume trop accessible l'amour inconsolé.

# Guatémaltèque[1]

Il y a cette part secrète de l'Amérique du Sud qui semble son essence même. Du Guatemala, on ne sait pas grand-chose ; des montagnes sans doute, des paysages que l'on mélange avec ceux du Pérou, de l'Équateur, du Honduras. Et puis cet adjectif si musical qui est comme une madeleine de Proust inversée ; il évoque tout car il ne cherche rien dans notre propre histoire. *Guatémaltèque*. Le premier *a* si onctueux, beurré de cacao par le confort d'une consonne initiale douce et d'un *u* comme un lit profond. Mais on ne s'endort pas dans la chair molle. Le premier *té* allège l'imagination, glisse vers l'austérité, la pauvreté. Et puis on prend de l'altitude avant de jouer la résonance, la sécheresse dynamique d'un instrument à percussion tout en bois, tout en creux. *Guatémaltèque*. C'est un bijou très rare dans la langue, qu'il faut laisser chanter pour ce qu'il est : un collier dans les bruns, dans les mats, une poésie pure.

1. Voir aussi « Muscat », p. 24. *(NdE)*

# Samovar

Ce mot seul, et le décor est planté. On est au dix-neuvième, dans un roman russe, avec de temps en temps, en bas de page, la note *en français dans le texte* qui nous flatte et fait de nous des familiers. Dehors la neige, dedans le poêle ronfle, mais le vrai cœur de la maison, c'est le samovar, sophistiqué, excessif, incontournable. On boit du thé bien sûr, il y a de longs silences, une atmosphère possiblement confortable, mais on le sait bien. Des vérités farouches vont se dire, une dramatisation fiévreuse va focaliser l'intérêt du récit sur les personnages, qui préfèrent dire du mal d'eux-mêmes que de n'en point parler.

C'est comme dans les romans d'Agatha Christie où l'auteure, obsédée par la mécanique du crime, ne décrit pas le cadre du récit, mais le lecteur le voit. Dans les romans russes, on s'invente un samovar. Le mot lui-même, dans son mystère impénétrable, semble une métaphore de ce bouillonnement des âmes slaves qui nous attirent et nous échappent. C'est le contraire du thé anglais : pas d'heure, pas de pudeur cérémonieuse. On brûle sans vergogne à l'infini.

# Frites

Parfois on lit sur un panneau *french fries*. On sait que dans ce cas-là il faut prononcer *fraï*, et ce n'est plus du tout le même mot. Des frites, ça ne traîne pas en bouche. Ça doit rouler sur les lèvres comme les anciens sifflets des policiers. Pour la santé, il vaudrait mieux choisir les haricots, les brocolis, ou la purée de céleri. Mais c'est pour ça aussi qu'on aime les frites. Quand la tradition s'accorde avec un soupçon de déraison, cela devient délicieux. C'est tellement classique : « Elles sont servies avec quoi, les côtes d'agneau ? » Deux des commensaux ont choisi l'assortiment de légumes verts, alors on n'hésite plus : « Des frites, pour moi ! » On n'en mange pas si souvent à la maison. Mais quand on sort… Dans les brocantes, le dimanche, le stand crêpes et sandwichs reste très accessible. Pourtant quelle queue devant celui où l'on fait des frites ! Les gens attendent patiemment. Parce que les frites c'est bon, même celles-là, extraites de sacs congelés entassés à l'arrière. Parce que c'est bon de se ruiner la santé et d'aimer la même chose que les autres. Parce qu'on fera semblant de les manger distraitement, en piochant dans la barquette – chaque frite est une petite fête.

# Mordoré

C'est un mot pour l'automne. De façon plus subtile que ne pourrait le laisser supposer la contiguïté de *mort* et de *doré*. En fait on le prononce d'un seul souffle. Et même s'il s'agit de beauté finissante, il n'y a pas l'idée de mort dans mordoré. La première syllabe joue davantage le rôle d'une clé musicale qui donnerait la tonalité d'une mélodie moins nostalgique qu'ensoleillée. Un soleil de sous-bois, quand la lumière vient du sol, un soleil de nature et d'intérieur à la fois, des lueurs de candélabres renversés sur les pas chuintant dans les feuilles. Certains regards de femmes ont cet éclat aussi, quand les yeux verts semblent passer au presque jaune, ont des reflets tigrés. *Mordoré*. La fourrure d'un chat. Un regard envoûtant. Sous le ciel bleu des derniers feux de la Saint-Martin, une forêt comme une tasse de thé clair, avec des taches irisées.

# Silence

Une musique pour dire ce qu'on n'entend pas. Une gageure en apparence. Et cependant, *silence* est si parfait que l'on n'y pense même pas. Les consonnes sont réduites au presque effacement d'un souffle. Le *i*, c'est l'idée d'un cri étouffé, et puis vient la liquidité, la vacuité, la transparence. Le silence n'existe pas, mais il se définit en contrepoint. La qualité d'espace révélée par le ronron d'un réfrigérateur au creux d'une cuisine, le vertige de la chambre éveillé par le tic-tac d'un réveil ou seulement d'une montre, la paix d'un paysage initié par le frémissement d'une rivière.

*Silence* a le talent qu'il faut pour habiter les interstices. Il est souple, mouvant, insidieux et profond. Au creux d'une cellule cistercienne, il suit la vibration du chant grégorien. Dans la vie séculière, on le souhaite, on le craint. Le silence serait bien trop fort pour nous si le mot qui le dit ne lui donnait sa poésie. On écoute. On apprivoise le secret.

# Multiplex

Le procédé ne nous paraît plus si magique : une dizaine de journalistes disséminés dans l'Hexagone pour rendre compte au micro des matchs joués lors d'une journée de championnat de France de football. Cela existe même désormais à la télévision, mais le mot demeure associé à l'exercice radiophonique. *Multiplex.* Une prétention moderniste très datée explose dans ces trois syllabes qui fleurent bon les années soixante-dix, quatre-vingt. L'efficacité technique de *plex* mêlée au miracle supposé de l'ubiquité, dans un vocable qui respire la paillette et la couleur orange. C'est drôle comme la poussière des années se dépose sur les choses qui souhaitent lui échapper ! En écoutant le multiplex on était convié à un rendez-vous futuriste dans les émotions croisées qui se télescopaient. But à Bordeaux ! But à Nancy ! On a gardé le rendez-vous. Mais on n'a plus de pantalon pattes d'éléphant ni de gros ceinturon. Le multiplex nous enfile nos pantoufles.

# Forain

Un peu comme quand on dit *les gens du voyage*, il y a dans *forain* un romantisme nomade, et une humilité aussi. On se sent par contraste résigné, sédentaire, nanti. On sait bien. Certains forains peuvent être riches et très organisés. Il n'empêche. Une précarité de toile humide, un imaginaire de cinéma poétique en noir et blanc accompagnent indéfectiblement l'errance des forains.

Ils font les foires, ce qui curieusement est devenu presque le contraire de faire la foire. Étonnants, ce sérieux du pluriel et cet égarement singulier. *Faire la foire* est l'affaire ponctuelle et vulgaire de jouisseurs abonnés à une débauche lourdement prévisible. *Faire les foires* est tout l'inverse. Même si les néons multicolores ont remplacé les quinquets, l'idée demeure d'une joie donnée qui côtoie la misère. L'élan des grands manèges soulevant le cœur et faisant crier d'effroi les adolescentes dans la nuit bleue ne s'écarte qu'en apparence des loteries pauvrettes et des tirettes aux peluches à deux sous. Les forains viennent dans les villes une semaine, quinze jours, un mois. L'esprit d'enfance est sur leurs pas.

# Chat

Ils élisent un lieu davantage qu'un maître. Ils sont le choix des amoureux fervents et des savants austères, écrivait Baudelaire. Parfois ils dorment en équilibre sur le dessus d'une porte. Ils s'étirent sur nous, posent deux pattes sur notre épaule, penchent la tête dans notre cou. Ou bien ils refusent notre approche, s'éloignent ondoyants vers le fond du jardin. Hérissés, sauvages, ou voluptueusement familiers. Si pudiques quand on les enferme par mégarde et qu'ils lacèrent tout un journal pour cacher leurs excréments. Si indécents quand ils hurlent à l'amour les nuits d'été.

En quoi ces mystères vivants tiennent-ils dans le mot *chat* ? Un mot ? Quatre lettres prestes de fourrure, une syllabe qui se love et qui s'échappe. Un mot comme eux familier et insaisissable. Un mot de royauté persane et d'ondes échangées sur la Toile. Un mot qui leur va bien, qui dit leur charme et leur intransigeante liberté. Un mot que l'on caresse sans le posséder.

# Mollusque

Il commence par l'essentiel. Le mou visqueux, glaireux, de l'huître ou de la praire, voire, dans les cas de meilleure tenue, le mou caoutchouteux de la moule, du bigorneau. Ce n'est pas mal de débuter ainsi par le caché. Car le mollusque est un piège. Son « invertébration », qu'elle soit laiteuse ou presque transparente, se révèle par contraste avec une apparence des plus rêches, d'une minéralité revêche, doublée d'une crispation dissuasive dans la fermeture. L'aspérité de la dernière syllabe traduit tout cela, qui s'annonce d'emblée sous la main, sous le pied, dans l'équivoque des eaux troubles. Un mot bivalve, subtil à rebours, qui se joue sans effort du défi des antagonismes.

# Espérance

« Si c'est oui c'est de l'espérance
Si c'est non c'est de la souffrance... »

Voilà ce que chantait la ronde de mon enfance. Comme si l'espérance était l'inverse de la souffrance ! Il s'agissait d'amour, mais, même en amour, c'est bien plus compliqué. L'espérance est la plus perverse des souffrances, celle qui met à nu, soudain. On ne peut plus se cacher sous les manteaux confortables de la résignation, du pessimisme, ni même du ronchonnement. Avec l'espérance, le monde est clair et traversé. Alors il faut attendre, et c'est si douloureux. On ne dépend plus de soi. C'est l'espérance qui est restée en équilibre sur la boîte de Pandore. Non pas pour consoler les hommes, mais pour leur faire avouer leur désir d'être là, leur besoin d'être heureux.

*Espérance*. Trois syllabes que l'on détache ; chacune pèse d'un vrai poids. La dernière se prolonge dans le sombre d'un sous-bois. Il y a un cercle de lumière au bout de l'allée cavalière. Est-ce une chance, de l'apercevoir ? Bien sûr, et cependant peut-être pas. Mais le cœur bat plus fort, et tout est là.

# Aquarelle

On entend aussi « à quoi rêvent », *À quoi rêvent les jeunes filles* ? Comme si cette technique picturale était liée à une condition féminine révolue, à de jeunes bourgeoises dans un salon de silence et d'ennui, vouées aux travaux d'aiguille, aux rêves secrets, à l'aquarelle…

Peindre modestement des marines incertaines, des paysages flous, sans le génie viril maniant les matières consistantes, la gouache et l'huile surtout, l'atelier débordant de désordre ostentatoire, un modèle nu posant sans chichi.

*Aquarelle*. Tous les clichés tenaces résumés dans ce mot ailé, d'une liquidité trop évidente pour ne pas receler un possible secret. Car il y a Folon, provocateur quand il disait si doucement, si lentement : « L'aquarelle, c'est un peu de couleur et beaucoup d'eau. » Oui, l'eau, pour refléter la lumière intérieure. Les aquarelles de Folon : derrière leur aménité de ton, une critique du temps si profonde. Cet apprivoisement d'une mort douce dans des champs de solitude.

L'aquarelle de Folon, l'aquarelle de la femme que j'aime : toutes les souffrances, tous les rêves de l'enfance, et son intensité perdue. Avec une boîte noire minuscule, un verre d'eau, un pinceau fin. Sans déranger personne. Au risque de la transparence.

# Central Park

C'est le seul nom propre des cent mots choisis dans ce recueil, et c'est un nom commun, en fait. New York est le centre mental du monde, et Central Park le centre du centre. Nous y avons tous les mêmes images et pourtant la certitude que nous avons les nôtres. C'est le principe des mots. Ils sont à tous et nous appartiennent cependant.

Je n'irai jamais à New York. C'est mieux. Je n'ai pas envie de mêler ce grillage le long du lac au froid, à la chaleur que je pourrais y ressentir dans mon vrai corps. Je préfère que ce soit le verso de la pochette du trente-trois tours de Simon et Garfunkel, la fuite des joggers, l'humour et la mélancolie de Woody Allen flottant dans les feuilles. Un délicieux jamais, deux pommes et un sandwich, un sac de papier brun, le sentiment d'être si seul et tellement avec tout, avec tous. Rien à faire, aucun projet. Sentir tout ce qui bouge, regarder. À Central Park. Au cœur du cœur du monde.

# Penalty

Rien à voir avec la *pénalité* que le vocabulaire du rugby s'est appropriée. Le penalty, c'est du football, mais la notion d'une peine infligée s'en est étrangement retirée, balayée par la dramaturgie annoncée du cérémonial qui va suivre. Il faut dire que l'enjeu est différent. Du penalty dépend souvent le sort d'un match. La décision de l'arbitre sonne comme un coup de foudre, Penalty ! Le mot est reçu et répété avec une sorte de stupeur. L'espoir et la crainte, dilués tout au long de la partie, se cristallisent tout à coup. Les trois syllabes ne suggèrent pas la punition, mais l'intensité bouleversante d'un face-à-face tragique entre le gardien de but et le tireur. C'est dans le principe un tir assez facile à convertir en but, et l'angoisse est tout entière du côté de « l'exécuteur des hautes œuvres », n'en déplaise à Peter Handke[1]. Le gardien quant à lui instille le doute dans l'esprit de son adversaire en

1. Voir Peter Handke, *L'Angoisse du gardien de but au moment du penalty*.

jouant l'insolence et la décontraction. Quelques pas d'élan. Les lèvres se font sèches. On est tous dans la tête du joueur qui va shooter. Penalty. Une exécution capitale inversée. C'est horrible. Être obligé de donner du bonheur.

# Florentin

Il y a des dagues assassines et des bagues à poison, des escaliers dérobés, des tentures lourdes. L'idée de fleur pourtant, et ce raffinement sous la menace. Et puis le baiser florentin, une volupté affûtée, sur le fil du rasoir, ces petits coups de langue sur les lèvres. Le plaisir florentin joue encore dans l'aigu. Il a le goût pervers d'un défi relevé. L'amour est un péché piquant, dans les palais du crime.

# Dragée

Comme il fond dans la bouche ! Nuée, nuage, délicatesse infinie. Aucune aspérité. Un mot parfait pour désigner l'apparence de la chose. Les couleurs, si nuageuses elles aussi, le blanc, le rose et le bleu pâles. Le toucher, si lisse, la forme oblongue, prête à se couler. Et puis cette bénignité de baptême ou de communion, sertie dans une boîte souvent tapissée de carton plissé, sophistiqué, arrondi sur les bords.

Beaucoup trop de douceur. Le mot est seul à fondre en bouche, avec le souvenir des apparences. Juste pour la langue, le temps de rencontrer les dents, et le subterfuge est démasqué. Ce n'est que dureté, bien fou qui voudrait croquer la dragée ! Pour l'amadouer, atteindre enfin l'amande, le chocolat, la nougatine, il faut une patience d'ange et suçoter à l'infini. Alors le caillou rebutant voudra bien se dissoudre. Vous prendrez bien une dragée ? Mais pour la vraie douceur, à vous de jouer !

# Vacances

Ne pas trop le remplir. C'est le risque. Au début de l'histoire, il n'est que du creux. La place est vacante. La vacance du poste est confirmée.

Les jeunes aristocrates qui traversaient l'Europe au dix-neuvième n'étaient pas en vacances. Ils prolongeaient un séjour, un singulier apprentissage – ils ne faisaient jamais *rien*. Puis le Front populaire est venu rappeler que le travail était un supplice – le *tripalium* latin – et que les hommes avaient droit à un nouveau concept : les vacances. Ils sont alors partis avec frénésie, quittant leurs usines et leurs vies, pour les bords de mer, souvent. C'est du moins l'image que les actualités, les films de l'époque ont voulu nous donner. Combien de Français partaient réellement en vacances, si ce n'était pour retourner au pays ? D'autres restaient chez eux et bricolaient – j'ai refait mon garage. Dans les années 2000 encore, j'avais cessé d'interroger mes élèves sur leur destination de vacances. La plupart, un peu gênés, évoquaient quelques jours chez un oncle, une marraine. Dès le début d'août, les premières chaleurs normandes enfin venues, ils éprouvaient dans leurs petits villages solitaires la mélancolie du mot *vacances* et se laissaient gagner par l'envie de la rentrée.

Ils s'ennuyaient. C'est bien, de s'ennuyer, de donner de la longueur au temps. Ce ne serait pas le début de l'adolescence, s'il n'y avait pas ce sentiment d'attendre. *Vacances*. Le *v* de vide, et la lenteur de l'espérance. Christian Bobin écrit : « Ceux qui ne lisent pas manquent du manque. » Ceux dont le temps est compressé, rempli de mille activités trop programmées, ont perdu le meilleur de sa cadence. En vacances surtout, il faut rêver du manque.

# Petit-beurre

Ce n'est après tout qu'un gâteau sec, d'abord un peu cartonneux sous l'incisive. Mais *petit-beurre* dit tellement l'abondance moelleuse que la confusion s'installe. D'ailleurs on ne l'aborde pas pour ce qu'il est, mais comme un jeu, en commençant par le déchiquetage soigneux des quatre coins. Il a fallu auparavant l'extirper laborieusement d'un parallélépipède rectangle compact assez peu coopérant, qui exprime ainsi son mépris pour des rivaux démagogiques plus récents, ce sont eux les rivaux du parallélépipède des cartons commodes et ventilés sentant déjà l'arnaque.

Le petit-beurre est d'abord un mot, et une idée. Il reste étonnamment niché dans une époque où *beurre* n'évoquait en rien le déferlement hostile du cholestérol et connotait seulement onctuosité, douceur, satiété, pâturage. Mais que serait *beurre* sans *petit* ? L'épithète dit toute la malignité furtive de ce gâteau sans prétention, qu'on peut déguster en cachette, à l'heure du goûter de préférence. Il s'adresse aux petits, et au petit qui est resté en nous.

# Roman

L'idée de rondeur. Contre la dentelure, les flèches gothiques et leur envie de transcendance, de percée vers le ciel, le style roman installe une spiritualité tout en courbes douces, en images naïves. Les saints et les paysans se croisent sur les chapiteaux, aux frontons des églises, dans la même aménité. L'humilité des épaules voûtées, des tâches quotidiennes. L'ascèse est un dépouillement. Pas besoin de chimères ni de gargouilles déchiquetées pour expurger l'idée du mal – elle a fondu dans le cercle.

Le roman. C'est bien que le même mot désigne ce genre littéraire étonnamment simple et têtu, qui a survécu à toutes les promesses de mort annoncée. Ce « miroir qu'on promène le long d'un chemin » a poursuivi sa route. C'est la façon la plus vivante et la plus généreuse de dire les atmosphères, la vie recréée, mille fois plus réelle que la vraie vie, cette illusion. Il y a le regard triste du prophète Jérémie sous le porche de Moissac. Sur sa douceur romane, un roman à écrire… Tout du passé reste devant. Le monde est rond.

# Parabole

L'équilibre des sonorités épouse rondement les contours de la courbe géométrique. Un mot comme en sommeil, et cependant… Deux acceptions bien différentes et secrètement mêlées lui donnent son mystère. La parabole des talents. La parabole des ouvriers de la onzième heure, celle du bon Samaritain… Religieuse, la parabole est chargée d'un enseignement implicite. Elle lie un récit clair et simple, un peu comme une fable, à une proposition d'interprétation subtile, capable de susciter la controverse à l'infini.

Quel rapport avec les paraboles installées au petit bonheur sur les barres d'immeubles, les villas de toutes sortes, dans l'urgence d'appeler d'autres ondes, bien plus d'informations, de fictions, mais davantage encore de jeux ou de téléréalité ? Dans un cas le minimalisme d'une parole à enrichir infiniment de soi, de l'autre l'abondance d'un torrent d'images où se dissoudre. Et pourtant… Dans cet écart majeur, il n'y a pas de décadence : simplement les deux visages d'une soif. L'homme est si difficile à décrypter. Il n'y a pas de vérité. Rien que des paraboles.

# Toile

C'est le sens d'aujourd'hui qui est fort. Il garde l'inconsciente proximité de la voile, de l'étoile, pour proposer un voyage infini, ou l'idée d'un voyage infini, ce qui revient au même. On cherche sur la Toile, on trouve sur la Toile. Cette pièce de tissu mentale a pour essence le maillage, l'imperceptible lien. Les choses sont la promesse d'un fil à fil qui mènera à d'autres choses, par écho, vibration, transmission, par envie, presque par amitié. On n'est pas solitaire devant un écran dur, mais ensemble sur la Toile. Une fontaine de jouvence pour les plus âgés qui avaient renoncé au désir de chercher. Pour ceux qui n'ont pas trouvé, c'est plus fort que la convivialité. Ils boivent des coups ensemble, debout, en parlant fort, devant des cafés où l'émulsion sociale se doit d'être positive ou exaltée. Puis ils rentrent chez eux et l'essentiel est là, tout au creux de la nuit, sur la Toile. Et l'araignée du temps tisse son fil en transparence. On est peut-être *dans* la toile.

# Ravigote

La ravigote, ça ravigote quoi ? Des viandes un peu caoutchouteuses, atones, comme la langue de bœuf, ou des légumes amers, comme les asperges. Des choses que l'on aurait beaucoup de mal à apprécier s'il n'y avait cette petite vinaigrette additionnée de fines herbes, de câpres et d'échalotes. Alors cela devient allègre, délicieux, un peu piquant et vif. C'est comme le brandy butter du Christmas pudding, le coulis de framboise du gâteau au yaourt. L'accompagnement qui emporte la décision change l'essence du plat. Dans le cas de la ravigote, les herbes et l'échalote ont fait l'objet d'un hachage dynamique, lui aussi, bien dans le ton des câpres acides. Le mot sonne tellement français, vivifiant, culinaire sans prétention…

La sauce ravigote, c'est un peu comme la serviette rêche : on bouchonne les épaules et le dos de l'enfant qui sort du bain de mer transi, les lèvres bleues. Ça fouette le sang, ça fait du bien, ça ravigote.

# Contentieux

Quel repoussoir, celui-ci ! Je le salue, car il donne par contraste un charme supplémentaire à tous les mots que j'aime. Contentieux ! En le prononçant, on n'en finit pas d'allonger le museau dans une moue pincée, comme ces actrices abonnées aux rôles de vieilles filles acariâtres, suspectant le mal dans tous les recoins d'escalier.

Je l'ai entendu dans la bouche d'un de mes camarades de terminale, en 1969. Le prof de philo nous avait demandé ce que nous voulions faire plus tard. Trente-sept garçons du lycée Marcel-Roby de Saint-Germain-en-Laye intimidés d'avoir à se dévoiler devant les autres. Beaucoup avaient répondu qu'ils ne savaient pas. Difficile de dire que nos projets étaient plus amoureux ou révolutionnaires que professionnels. Un bellâtre macho avait fini par concéder qu'il souhaitait devenir professeur de tennis. Et puis un petit maigrichon tout pâle avait susurré : « Je voudrais entrer dans le contentieux ! », suscitant des sourires narquois, des regards incrédules. « Entrer dans le contentieux ! » Sans trop savoir ce que cela recouvrait, nous sentions que cela signifiait à peu près entrer dans un tombeau, renoncer à la vie avant de l'avoir commencée. Un conseil d'oncle ou de père sans doute, pas plus bête qu'un autre. Mais quand même. Contentieux ! Je voyais un costard mortifère, avec l'hiver une petite laine, des bureaux poussiéreux, des circulaires aseptisées, des mises en garde sur papier timbré. Tout cela deviné dans la fermeture de ces trois syllabes méfiantes, sans aucun air, étiolées et grincheuses. Mes projets professionnels se précisent d'un seul coup. Tout, mais pas le contentieux !

# Senteur

*Parfum* est trop référencé grands couturiers, stars de cinéma, triangle d'or, luxe ambré. *Odeur* s'attache trop facilement à mauvaise, et plus souvent à nauséabonde. Pourtant, c'est *odeur* et *parfum* qu'on emploie. Les odeurs fouillent la mémoire. Les parfums sont envoûtants. Il y a ce vide entre eux, bien trop d'espace. Alors pourquoi ne pas faire un peu la courte échelle à *senteur* ? Senteur : « une odeur agréable », dit le dictionnaire. Pas de risque donc. Mais pas trop de chichi non plus. La senteur reste naturelle, elle n'a pas de poids, elle se trouve sur les sentiers. On la hume au passage, sans renverser exagérément la tête en arrière, les yeux fermés, avec une expression pâmée, comme on respire le parfum du chèvrefeuille ou de la rose ancienne. On distingue une senteur d'ail sauvage. Elle accompagne fraîchement la promenade. On ne va pas se prosterner. La senteur, c'est fait pour cheminer.

# Estaminet

Il vient du Nord. Sa structure est toute modeste. Il y a l'idée de minuscule et d'une construction de bric et de broc. Mais on y est bien, au chaud, au plus fermé, à l'abri du froid de la ville ou du brouillard de la plaine. Y a-t-il même une fenêtre ? On vient pour se tenir à l'enclos, pour oublier tout ce qui n'est pas le plaisir, la rumeur de l'instant. Dans un café, on se sent presque bourgeois. Au bar, on boit plutôt froid ; sur le zinc, il y a bien quelques répliques, mais distillées sans réelle convivialité. Dans un estaminet, c'est autre chose. Le lieu ne se prend pas au sérieux. On y connaît l'ivresse, et le ton peut monter, mais rien de grave. À l'estaminet, les cuites ne sont pas tristes ni solitaires. On fait partie, on joue son petit jeu d'humanité fragile, on ne fait pas semblant de se prendre pour un autre. La vie n'est pas si tragique, puisqu'on en boit l'écume dans un estaminet.

# Énergumène

Quelle agitation ! Certains mots distillent des ondes de paix, mais celui-ci est branché sur cent mille volts ! On imagine un garçon plutôt jeune, un maigrichon, un écorché vif à la gestuelle brouillonnante. Tellement dérisoire en même temps qu'on le regarde avec pitié. Il s'ébroue, il s'énerve, il se démène. Original ? Même pas, il est trop incohérent pour cela. Les quatre syllabes épousent sans repos les convulsions de cet agité du bocal qui se cogne à toutes les parois, pirouette et salue, le regard niais, bêtement triomphant. Éloignez ce gugusse fatigant !

# Mézigue

Il y a le je, il y a le moi. Le vertige de l'être et la conscience d'être. Je je je, moi moi moi, on peut trouver ça parfois un peu trop rabâcheur, un peu trop carcéral, un peu trop cérébral. Alors :

– Qui vient au match, samedi ?

– Mézigue !

Mézigue ! Ah ! C'est bien de pouvoir s'enfermer dans ce mot-là ! Il a la bonne distance. Certes, on a bien conscience d'en remettre dans un registre d'argot très suranné. Avec le *z* de zazou, ça sonne bien canaille, mais ça fait partie du plaisir. En disant mézigue, on se regarde avec humour. Oui, j'embarrasse le plancher des vaches, excusez-moi mais il faut faire avec, et j'ai appris à me supporter.

Il y a une vraie coquetterie dans mézigue. Je ne suis pas meilleur qu'un autre, mais après tout pas tellement pire. Je ne suis pas mécontent d'être là, et le match, oui, ça me plaît d'y aller, la vie m'intéresse. Que pensez-vous du je, du moi, du ça ? Qui ? Mézigue ?

# Volute

On pense à l'élégance du paquet de Gitanes, ce nuage blanc sur silhouette noire et sur fond bleu. La volute a presque une consistance, déroule une spirale insaisissable. Elle se déploie dans l'air au bout des cigarettes qui prennent le temps d'être fumées. Rien à voir avec le nuage atomique compact qui s'amassait au-dessus des cerveaux sur les plateaux d'*Apostrophes* ou de *Droit de réponse*, à l'époque de l'intellectualisme tabagique. La volute a besoin de l'air, du dehors et du vent. Elle dessine une liberté.

Parfois, elle se tord aussi dans l'élément liquide, le diabolo citron ou grenadine. Elle est plus sensuellement lourde alors, vaguement liquoreuse. Mais c'est la même paresse, tout en courbes nonchalantes. Elle ne s'envole pas. Elle ne se pose pas. La volute a le temps. Elle fait tourner sa robe dans l'espace.

# Miroir

Se mirer, s'admirer. Oui, les miroirs servent beaucoup à ça. Mais davantage encore ils provoquent une interrogation, une inquiétude. La reine maléfique de Blanche-Neige ne manifeste aucun plaisir quand elle demande au génie du miroir de lui confirmer qu'elle est bien la plus belle du royaume. Elle n'est qu'anxiété, tension, et la réponse négative qu'elle reçoit est décuplée par l'injustice de sa colère : « Tu n'es qu'un menteur ! »

Non, les miroirs ne mentent pas. Pour les enfants, ils n'existent pas. Quand on est le monde, on n'a pas besoin d'être quelqu'un. Ils apparaissent à l'adolescence. Les vitrines des magasins, les vitres des voitures sont leurs succédanés, tant est alors vif le désir de s'incarner dans une image singulière. Reflet quelquefois rassurant, mais jamais exactement de la manière dont on l'attendait. Après... Certaines mais aussi certains en gardent le souci jusqu'au bout de leur vie. Être belle. Être beau. Être soi. Est-ce la même chose ? Le miroir ne répond jamais. Il réfléchit.

# Moine

On aurait imaginé un mot distant, plein de silence et de retirement, où passerait l'idée de solitude et de prière. *Moine* est tout le contraire : si douillet et si chaud, voluptueusement recroquevillé dans sa syllabe unique comme on s'entortille dans une couverture. Une sonorité moelleuse, si ronde et confortable. En disant *moine*, on éveille beaucoup moins l'image d'un ascète hors du temps, dans une vallée profonde, que celle d'un dégustateur gourmand de Chartreuse et de Bénédictine, le teint rougeaud et l'œil réjoui, la tonsure avenante. Bien sûr, c'est un mauvais procès. On a trop prêté aux moines la volupté consommatrice de toutes les douceurs alcoolisées que certains concoctaient. Mais on ne s'étonne pas davantage de les trouver sur les boîtes de camembert, comme si la gourmandise était le seul exutoire possible au vœu de chasteté. Quel irrespect, bien dérisoire toutefois au regard de certains objets d'un goût plus que douteux, dont le tire-bouchon à corps de capucin reste l'incarnation la plus salace.

Le mot lui-même est la profanation de l'idée, que l'on jalouse et qui dérange. Tu voulais être différent, ailleurs, plus haut ? On t'appellera *moine* et tu feras moins le malin, tu seras comme nous.

# Échapper

Un mot qui resta longtemps abstrait pour moi, avant de prendre un visage : celui de M. Louis, vénérable professeur d'ancien français à la faculté de Nanterre, au début des années soixante-dix. Un homme âgé, en tout cas me paraissant tel à l'époque. Beau visage, cheveux blancs, toujours accompagné d'une étudiante qui l'aidait, car il était aveugle. Il y avait une qualité particulière de silence dans la salle de cours quand il se lançait dans l'étymologie. Tout à coup les mots faisaient image, prenaient corps, racontaient une histoire.

Ainsi pour *échapper*... L'image d'un malandrin qui, sur le point d'être saisi, trouve ce subterfuge d'abandonner sa cape aux mains de ses poursuivants, et qui, très littéralement, s'échappe. Les mots ne sont pas les mots. Il y a mille et une manières de les posséder. M. Louis ne nous faisait pas de morale. Mais sa ferveur nous disait clairement que nos mots étaient pauvres, et que la science qui les enrichit est le sel de la vie.

# Table

Poire .......................... 9
Sibyllin .......................... 10
Potée .......................... 11
Novembre .......................... 13
Grésil .......................... 14
Galet .......................... 15
Pavane .......................... 16
Hypocondriaque .......................... 17
Sensuel .......................... 18
Vie .......................... 19
Mort .......................... 20
Pudibond .......................... 21
Presbytère .......................... 22
Muscat .......................... 24
Mélancolie .......................... 25
Vermoulu .......................... 26
Topinambour .......................... 27
Chagrin .......................... 29
Guêpière .......................... 30
Auberge .......................... 31
Clafoutis .......................... 33

Graf . . . . . . . . . . . . . . . . . . . . . . . . . . 34
Carambar . . . . . . . . . . . . . . . . . . . . . . 35
Dimanche . . . . . . . . . . . . . . . . . . . . . . 37
Neige . . . . . . . . . . . . . . . . . . . . . . . . . 39
Émotion . . . . . . . . . . . . . . . . . . . . . . . 41
Moyenâgeux . . . . . . . . . . . . . . . . . . . 42
Médiéval . . . . . . . . . . . . . . . . . . . . . . 43
Cauchemar . . . . . . . . . . . . . . . . . . . . 44
Coulis . . . . . . . . . . . . . . . . . . . . . . . . 45
Perfide . . . . . . . . . . . . . . . . . . . . . . . 46
Vin . . . . . . . . . . . . . . . . . . . . . . . . . . 47
Mémoire . . . . . . . . . . . . . . . . . . . . . . 48
Bleu . . . . . . . . . . . . . . . . . . . . . . . . . 49
Café . . . . . . . . . . . . . . . . . . . . . . . . . 50
Enfance . . . . . . . . . . . . . . . . . . . . . . 51
Javanaise . . . . . . . . . . . . . . . . . . . . . 52
Allégresse . . . . . . . . . . . . . . . . . . . . 53
Grille . . . . . . . . . . . . . . . . . . . . . . . . 54
Saltimbanque . . . . . . . . . . . . . . . . . 55
Suffragette . . . . . . . . . . . . . . . . . . . . 56
Fragile . . . . . . . . . . . . . . . . . . . . . . . 57
Presqu'île . . . . . . . . . . . . . . . . . . . . 58
Gourgandine . . . . . . . . . . . . . . . . . . 60
Sybarite . . . . . . . . . . . . . . . . . . . . . . 62
Bonheur . . . . . . . . . . . . . . . . . . . . . . 63
Cambrioler . . . . . . . . . . . . . . . . . . . 65
Grimoire . . . . . . . . . . . . . . . . . . . . . 66
Charme . . . . . . . . . . . . . . . . . . . . . . 68

Orgeat . . . . . . . . . . . . . . . . . . . . . . . 69
Saudade. . . . . . . . . . . . . . . . . . . . . . . 70
Pinte . . . . . . . . . . . . . . . . . . . . . . . . 71
Tapioca. . . . . . . . . . . . . . . . . . . . . . . 72
Fosbury . . . . . . . . . . . . . . . . . . . . . . . 73
Crépuscule . . . . . . . . . . . . . . . . . . . . . 75
Crépusculoroyos . . . . . . . . . . . . . . . . . . . 76
Crapule . . . . . . . . . . . . . . . . . . . . . . . 77
Troudoucou. . . . . . . . . . . . . . . . . . . . . . 78
Moineau . . . . . . . . . . . . . . . . . . . . . . . 79
Franciscain . . . . . . . . . . . . . . . . . . . . . 80
Pêche. . . . . . . . . . . . . . . . . . . . . . . . 81
Rococo . . . . . . . . . . . . . . . . . . . . . . . 82
Poissard. . . . . . . . . . . . . . . . . . . . . . . 84
Musarder. . . . . . . . . . . . . . . . . . . . . . . 85
Mutin . . . . . . . . . . . . . . . . . . . . . . . . 86
Munificence . . . . . . . . . . . . . . . . . . . . . 87
Colporteur. . . . . . . . . . . . . . . . . . . . . . 88
Croquis . . . . . . . . . . . . . . . . . . . . . . . 90
Camerlingue . . . . . . . . . . . . . . . . . . . . . 91
Lointain . . . . . . . . . . . . . . . . . . . . . . 92
Guatémaltèque . . . . . . . . . . . . . . . . . . . . 93
Samovar . . . . . . . . . . . . . . . . . . . . . . . 94
Frites . . . . . . . . . . . . . . . . . . . . . . . 95
Mordoré . . . . . . . . . . . . . . . . . . . . . . . 97
Silence . . . . . . . . . . . . . . . . . . . . . . . 98
Multiplex . . . . . . . . . . . . . . . . . . . . . . 99
Forain . . . . . . . . . . . . . . . . . . . . . . . 100

Chat .......................... 101
Mollusque ...................... 102
Espérance ...................... 103
Aquarelle ...................... 104
Central Park.................... 106
Penalty ........................ 107
Florentin....................... 109
Dragée.......................... 110
Vacances........................ 111
Petit-beurre.................... 113
Roman........................... 114
Parabole ....................... 115
Toile .......................... 116
Ravigote ....................... 117
Contentieux .................... 118
Senteur ........................ 120
Estaminet ...................... 121
Énergumène ..................... 122
Mézigue......................... 123
Volute.......................... 124
Miroir ......................... 125
Moine .......................... 126
Échapper........................ 128

## DU MÊME AUTEUR

Le Bonheur, tableaux et bavardages
*Le Rocher, 1986, 1998*
*et Gallimard, « Folio », n° 4473*

Le Buveur de temps
*Le Rocher, 1987, 2002*
*et Gallimard, « Folio », n° 4073*

Les Amoureux de l'Hôtel de Ville
*Le Rocher, 1993, 2001*
*et Gallimard, « Folio », n° 3976*

L'Envol
*Le Rocher, 1996*
*Magnard, 2001*
*et « Librio », n° 280*

Sundborn ou Les Jours de lumière
*Le Rocher, 1996*
*et Gallimard, « Folio », n° 3041*

La Première Gorgée de bière
et autres plaisirs minuscules
*Gallimard, « L'Arpenteur », 1997*

La Cinquième Saison
*Le Rocher, 1997, 2000*
*et Gallimard, « Folio », n° 3826*

Il avait plu tout le dimanche
*Mercure de France, 1998*
*et Gallimard, « Folio », n° 3309*

Paniers de fruits
*Le Rocher, 1998*

Le Miroir de ma mère
*(en collaboration avec Marthe Delerm)*
*Le Rocher, 1998*
*et Gallimard, « Folio », n° 4246*

Autumn
*Le Rocher, 1998*
*et Gallimard, « Folio », n° 3166*

Mister Mouse ou La Métaphysique du terrier
*Le Rocher, 1999*
*et Gallimard, « Folio », n° 3470*

Le Portique
*Le Rocher, 1999*
*et Gallimard, « Folio », n° 3761*

Un été pour mémoire
*Le Rocher, 2000*
*et Gallimard, « Folio », n° 4132*

Rouen
*Champ Vallon, 2000*

La Sieste assassinée
*Gallimard, « L'Arpenteur », 2001*
*et « Folio », n° 4212*

Intérieur : Vilhelm Hammershoi
*Flohic, 2001*

Monsieur Spitzweg s'échappe
*Mercure de France, 2001*

Enregistrements pirates
*Le Rocher, 2004*
*et Gallimard, « Folio », n° 4454*

Quiproquo
*Le Serpent à Plumes, 2005*
*et « Petits Classiques Larousse », n° 161*

Dickens, barbe à papa
et autres nourritures délectables
*Gallimard, 2005*
*et « Folio », n° 4696*

La Bulle de Tiepolo
*Gallimard, 2005*
*et « Folio », n° 4562*

Maintenant, foutez-moi la paix !
*Mercure de France, 2006*
*et « Folio », n° 4942*

À Garonne
*Nil, 2006*
*et « Points », n° P1706*

La Tranchée d'Arenberg
et autres voluptés sportives
*Panama, 2007*
*et Gallimard, « Folio », n° 4752*

Au bonheur du Tour
*Prolongations, 2007*

Coton global
*Circa 1924, 2008*

Ma grand-mère avait les mêmes
Les dessous affriolants des petites phrases
*« Points Le Goût des mots », 2008 et 2011*

Quelque chose en lui de Bartleby
*Mercure de France, 2009*
*et Gallimard, « Folio », n° 5174*

Le Trottoir au soleil
*Gallimard, 2011*
*et « Folio » n° 5403*

Écrire est une enfance
*Albin Michel, 2011*
*et « Points », n° P2976*

Je vais passer pour un vieux con
et autres petites phrases qui en disent long
*Le Seuil, 2012*

*En collaboration avec Martine Delerm*

Les chemins nous inventent
*Stock, 1997*
*et « Le Livre de poche », n° 14584*

Fragiles
*Seuil, 2001 et 2010*
*et « Points », n° P1277*

Les Glaces du Chimborazo
*Magnard Jeunesse, 2002, 2004*

Paris, l'instant
*Fayard, 2002*
*et « Le Livre de poche », n° 30054*

Elle s'appelait Marine
*Gallimard Jeunesse, « Folio Junior », n° 901, 2007*

Traces
*Fayard, 2008*
*et « Le Livre de poche », n° 32381*

*Pour la jeunesse*

Elle s'appelait Marine
*Gallimard, « Folio Junior », n° 90*

C'est bien
*Milan, 1995*
*et Milan poche, « Tranche de vie », n° 37*

Surtout, ne rien faire
*(illustrations d'Isabelle Chatelland)*
*Milan Zanzibar, n° 142*

En pleine lucarne
*Milan, 1995, 1998*
*Gallimard, « Folio Junior », n° 1215*

Sortilège au Muséum
*(illustrations de Stéphane Girel)*
*Magnard, 1996, 2004*

La Malédiction des ruines
*Magnard, 1997, 2006*

C'est toujours bien !
*Milan, 1998*
*et Milan poche, « Tranche de vie », n° 40*

Ce voyage
*Gallimard Jeunesse, 2005*

RÉALISATION : NORD COMPO À VILLENEUVE-D'ASCQ
IMPRESSION : CPI FIRMIN-DIDOT À MESNIL-SUR-L'ESTRÉE
DÉPÔT LÉGAL : OCTOBRE 2013. N° 113786 (119052)
– *Imprimé en France* –